上海世纪文睿文化传播公司 出品

凯西的日记
Cathy's Book

- - - - - - - - -

[美] 西恩·斯塔沃　Sean Stewart
[美] 乔丹·魏斯曼　Jordan Weisman(著)
狄小岚 (译)

- - - - - - - - -

世纪文景
Century Literature

世纪出版集团 上海人民出版社

1月30日，下午
(申时，下午3点到5点)

* 昨晚被男友甩了。
* 今天早上和妈妈大吵一架。
* 忘了下午还有数学测验。

<屏幕波浪状翻滚倒转，画面切到我们女主角的这个早晨……>

在我准备去学校上课的时候，妈妈进来了，她刚通宵值完班回到家。当时我正挠着手肘内侧那枚又痒又酸的小凸点，突然之间，妈妈用她那双由于当护士而关节早已发白的手，猛地一把抓牢我的手腕："这是什么？"

"你把我弄痛了！"

她用手指轻轻按了按发痒的小肿块。"你以为我连针眼都不认识吗？你真当我有那么愚蠢吗？"

"噢，太好了，现在你觉得我是在注射毒品了。"这太不公平了。"你又开始酗酒了吧？你还认识我是谁吗？"

她轻蔑的眼神，就像一记耳光抽在我脸上。"你是不是打算告诉我，是学校医务室的护士给你打了一针？我可以打电话问她的，凯西。快点动脑筋，找一个天衣无缝的谎言给我。"

"见你的鬼去吧！"我怒吼着，重重地甩上了公寓的大门。

她站在门廊那儿继续大喊大叫，整个世界都能听见她的声音："像你这样的小孩我看多了，每天晚上都在外科急诊室里挂号呢！你想考试不及格被学校退学？去当艺术家？先读一下来自现实生活的规则吧，凯西。你知道这栋房子是谁出钱买的吗？是我！我辛苦赚钱，才能供养着你爸爸整天无所事事披着浴袍画他的油画。所以如果你想退学的话，好啊，我支持你。就让老天保佑你的新男友能够在你离开学校后，把你养得好好的，因为我保证绝对不会在你身上花一分钱！"

——我是不是该这样回应她，"妈，你就别为我操心了——这个男人刚把我甩了。"

<画面切回现在>

天可要剪掉你的耳朵！！

——沿虚线裁剪

此刻是下午放学后。妈妈还在睡觉。我马上就要出发去爱玛家，和她一起完成生物学的研究大论文。事实上，我只是不愿意和过会儿就会睡醒的妈妈呆在同个屋檐下。~~我当然知道她的用意，并不是她真的要抛下我不管，她只是再也无法承受生活中存在更多的争执了。~~

我永远不会让自己变得像她这样可悲，永远不会，永远。

但是，我的胳臂上到底是怎么回事？

左手肘的内侧有一小片淤青，中间还有个细微的小点。的确，它看上去像针扎过的痕迹，但我并没有打过针。也不知道是被蚊子或者蜘蛛类的昆虫蛰咬了还是怎么的。

——妈妈的闹钟响了。我的蜘蛛感应超必技向我发出警告：出门的时候到了。

1月30日，半夜

（子时，半夜11点到1点。默默期待听到黑暗角落里老鼠磨牙的声音）

在爱玛家过夜

走进爱玛的公寓，我听到的第一种声音是她的手指在键盘上此起彼伏的敲击声。有趣又熟悉的节奏，就像下雨天雨点打在玻璃窗上砰砰作响。我走进她的卧室，试图在床上找个空位坐下。她的床上横七竖八的堆了数也数不清的索引卡片，上面标注着和我们论文有关的笔记——每个话题都用不同颜色的墨水笔书写。

我第一次感受到来自科学爱好者的激情冲击，于是自我防御般的，我拿出包里的素描画板开始胡乱涂抹。最近我刚在某网站上卖掉了一幅卡通作品，钱虽然不多，我却相当激动，迫切期待着下一个买卖。我梦想成为真正的画家，别人会来买我的画，自己可以养活自己。这样一想，就立刻打消了我想跟爱玛去混科学圈的念头……"你爸爸今天不在吗？"

"他应该是去台北了吧，或者是深圳。他会回来过情人节。"

*

爱玛转过身来时，早已换上了一副修女教导员的说教面孔，不禁令我想起了很多年前的香港玛利诺修院学校。"你知道吗？维克特丝小姐，大部分蝙蝠的寿命，是与其同等大小的哺乳动物的三到四倍。科研人员认为，这是因为蝙蝠体内的基因会自动产生自由基清理酶，能够延缓细胞的氧化过程。更有研究证明，大

无聊到极点

2.

量化合而成的端粒酶以及——"她斜斜地瞥了我一眼，"你为我们的论文做过笔记了吧？你答应过我会把笔记带来的。"

我假装没听见她说话，继续专注地在画板上涂画。一只小蝙蝠，长着爱玛那张圆鼓鼓的中国人脸，还戴着镶有圆圆镜片的英式眼镜。

"凯西！我们只有三天时间完成它！你向我保证过你会帮我，不会让我一个人完成所有的任务。"

"我们不如写关于毒药的论文吧，"我建议道，"印第安箭毒、马钱子碱、砒霜。那些会让你的舌头卷缩直到封锁住喉咙、眼睛流血直到发作死亡的像炭疽一样的毒药。"

"炭疽不是一种毒药，它是——"

"一种你可以把它洒在某人的热巧克力里的毒药，然后看着他脸上所有的血管一根根都充血过度爆掉，于是他的脸就变成了一辆小型洒血车——"

"我就知道，又是关于维克特，"她意兴阑珊地说，"为什么你就不能从积极点的角度想这个问题呢？或许他有很好的理由甩掉你。"

我扮给她一个鬼脸。爱玛向来对维克特没啥特别的好感，我想也许是因为第一次他们见面时，她就在人家的私人飞机后座上吐了满满一地。她最不能忍受这种丢脸的尴尬。不过话又说回来，我真的希望她哪怕假装给我点同情，这要求也不算过分吧！

"比如说，"她轻快地发言了，"他不是在一家生物科技公司上班吗？所以说不定哪天他捡到一根你掉在他外套上的头发，在实验室分析了你们DNA的匹配度后，最后得出结论，就算你们结婚了也注定会生出一个鼹鼠宝宝。"

"我恨你。"我说。

"了解。"

*

我把我和妈妈吵架的事告诉了爱玛，还给她看了手臂上的淤青。

"她当然会有这样的想法，换作谁都会以为这是针眼。"她说。

一种强烈的不祥预感爬上了我的心头。"爱玛，你听我说。前段时间维克特带我去了个疯狂的地方，45号码头的机械艺术馆，我们在那里一直呆到关门，然后他把我送回了家。他在我家聊到很晚，灯光昏暗，音乐低柔……你明白吗？在那样的情况下，我和他都意识到接下来就该要接吻了。"

"那当然。"爱玛答得好不直爽。

（太明显了，当然，那好吧……）　　　　嗯……不介意吧？……

"他越过我的身体，把音乐调低。事情就在那个瞬间发生了，就像会持续到永远似的。他的嘴唇慢慢靠过来，我感到自己的双唇都开始颤抖。就在那时他突然说了句，'来杯热巧克力怎么样？'"

爱玛眨了眨眼，"或许他对女生不感兴趣吧？"

"可我实在不明白为什么要喊停！随后他做了一杯很浓稠的热巧克力，我们又继续聊了些别的。"

"又聊了别的？"

"闭嘴。"我对她伸出了个不带恶意的手指姿势，"我想重回那种亲吻的气氛，可是我却开始犯困了。"

"那时的确已经很晚了。"爱玛说。

"不是的，我的意思是，就像头晕目眩那样睁不开眼。于是我决定采取主动，努力让自己挺起身，我一只手绕上他的脖子，慢慢向他靠拢过去……"

"然后呢？？？"

"我跌下了躺椅。"

"你跌倒了！"

我的双颊涨得通红。"我跌下了躺椅，不许嘲笑我，你这头猪！"我抽出枕头，用它把爱玛按倒在床上。"我突然无法控制自己的身体去做任何事情，这就和我当年在看牙医时误食了三片'为你安'（注：一种镇静剂)后发生的情况类似。"

"这可真搞笑，"爱玛心不在焉地说着，但她脸上的笑意却逐渐凝滞了。她很仔细地追问道："那你后来睡醒时身上穿着衣服吗？"

"当然啦，我不是在说他故意给我下药想要乘人之危……"我感觉脸上有些挂不住，"你知道不是这样的，如果他想的话，直接和我说不就行了嘛，我相信他也明白这一点。可他从来就没有问过我。不管怎样，这件事的诡异之处在于：当我第二天醒来时，身上的衣服纹丝未动，可人却躺在楼上自己房间的床上了。那天早晨我好几次试着起床，但是就像被施了定身术，完全无法动弹。直到下午四点我妈的闹钟作响，我才勉强爬起身来，假装成刚从学校放学回家的样子。"

爱玛凝神沉思，眼圈和嘴角附近微微撅起了小褶皱。"你认为维克特给你吃了迷药？"

"那也太不合逻辑了。不过……"我触碰着手肘内侧的乌青块。"我醒来就发现这里很痛。"

她睁大了眼睛。"你的手臂？"我点点头。"然后两天后他打来电话，说再也不想见到你了？"

"事情就是这样。"我说。

爱玛蜷缩成一团，整个身体陷入她的科学指挥官座椅中，若有所思地两只脚一晃一晃。"你看，我就像所有女孩一样爱好阴谋情节，不过现在你醒来时既穿着衣服，也没有其他迹象，嗯，显示你曾进行过某些特别的活动，那么或许维克特的确没对你耍什么花招。你手臂上的印记可能就是虫咬块而已。至于他把你甩了这件事……"

"他年纪不小了，和我这样的小女孩玩嫌浪费时间。"我替她重复，省得她多费口舌。我又用枕头向爱玛砸去，不过被她的脚化解了攻势。

"你以前不是告诉过我，维克特有一阵和某个女同事频频热线往来么？"

"卡拉，卡拉·贝克曼。"

"不错，就是她，"爱玛说道，"所以很有可能，维克特终于决定与成年人约会了。"

"哈，多谢你的提醒。"

"你能想通就好，"她说，"现在，我们是不是可以继续考虑论文了？"

1月30日，半夜，夜更深了，真该死
（丑时）

凌晨一点到三点，中国人称之为丑时，丑就是十二生肖里的牛。维克特在中国城买给我的书——《风水》里如是说，这本书类似中国古代农民的年历，满是稀奇古怪的农民说法。

*

我从爱玛家回来了，妈妈在上班，这个家是：

空洞的

空无一人

空虚的

太空了，以至于我的耳朵隐隐鸣叫。

*

5.

一段有关爸爸的回忆，如刀锋般划破虚空：每个早晨，穿着浴袍的他在房间里走来走去，烹饪法式吐司或是煎饼。我几乎从未看到他自己吃过，他总是在厨房水台边忙个不停，先为我们服务，因为：

A）妈妈刚值班回家，累到骨头快散架了；

B）我要赶不及去学校了；

现在回想起来，如果那时我们能经常和他坐在一起吃早饭，该有多好。

＊

我翻出了妈妈贮藏的哥顿金酒，给自己调了杯杜松子酒；妈妈失眠的时候也这样干。自从爸爸去世后，早餐就成了如今的模样：我总是吃速食麦片粥，而妈妈为了能在白天睡着就只能喝杜松子酒。

目前为止，酒精尚未在我身上奏效。我在房间里来回踱步，就像一只上了发条的转盘似的怎么也停不下来。

＊

用周易来解释人体感觉的征兆：

"丑时耳鸣，将与亲爱之人争执。"

＊

还是睡不着。打算再喝一杯酒。也许前面那杯汤力水加得太多。

老天啊，居然都那么晚了！这时我本该在写生物学论文才对啊！要为团队荣誉而战，凯西！现在不是你满足私欲偷懒睡觉的时候——我们要实现更远大的目标！保持爱玛的完美绩点：4.0分！！！！！

<呻吟……>

切记等下回房间时一定要上闹钟的发条。

ᶻ ᶻ ᶻ Z Z Z Z Z Z Z Z Z Z Z Z Z Z Z Z Z Z Z Z Z Z Z Z Z Z Z Z Z Z Z Z Z Z Z Z Z Z Z Z

1月30日 夜 ——哎呀，应该是1月31日了
就叫"1月30日＋"吧，大约就是快天亮时分
(杜松子酒时间)

前面反反复复读了我遇见维克特那天写的日记，这个卑鄙无耻满嘴谎话的王八蛋！我不时地抽泣着，毫无疑问，鼻涕眼泪滴滴嗒嗒地落进了第四杯杜松子酒中。

究竟我做错了什么？太没道理了，为什么他不能直接告诉我呢？我的老天！！！！！！！！！

11月11日，早晨。老兵纪念日

今天周一，法定休假日，不用去学校。别人要么是在工作，要么和家人在一起。甚至连爱玛的爸爸都回家过了周末。

通宵值班的妈妈尚未归来，空荡荡的家真令人沮丧。透过窗户朝外看，人行道上满地潮湿的树叶，这是个连树木都凋零的月份，老兵纪念日，总是有很多东西面临死亡。

如果现在还是战争年代，1918年或者1944年，那就不会只有我的爸爸再也不回家。想像一下：曾经有这样整整一代女人，别人的女儿或是年少娇妻，等待着车道上那辆永远不会再开进来的车，等待那扇永远不会再被打开的车门。

*

11月11日，晚上

今天碰到了一个极为古怪的家伙，有点无赖，不过还蛮有趣的。

不能确定我该对他有什么样的反应，难以描述我现在的心情。

*

我决定搭车去市区和金门公园（注：Golden gate park,位于旧金山，世界最大的植物栽植公园。）逛逛。带了素描画板漫步在海堤上，多云的天气，薄雾迷蒙，海面一片盐晶体般细碎的闪烁。黏贴在礁石上的海草，早已被冲刷得支离破碎；雪白的海浪依然前赴后继，片刻不停地拍打着碎石沙滩。

十米开外处，一只黑色的鸬鹚正伫立在大圆石上，舒展巨幅的翅膀。我和它对望着彼此的眼睛。也许和鸟类发生视线接触这样的事听上去有点匪夷所思，但事实如此。它的眼神呈现某种暗黄色，古老而冷漠。

维克特

"你画的翅膀有点变形。"

我抬起头。一个长相颇为英俊的陌生男人倾身靠近我的肩膀，端详着我的写生。

"请你走开。"我说 ▶ 很淑女哦！

"依我看来，头部画得还不错。"

☆艺术女☆ 任务:

目标:

金门公园

激情速写,精湛技艺外
加膨胀的自我!

很男人味的军绿色,
古着风,丝绸衬衣,
貌似不经意间敞开
扣子也不扣住
(我们是故意的啦!
我敢打赌艺术女出门前
至少要对着镜子
摆弄20分钟才会搞出
蓬松得好像刚睡醒的发型!
这就是
艺术女的使命!!

黑色皮夹克

黑TEE

其他装备

① 改装过的妈妈的
手提公文包一枚:
红褐色,改革,
软镶边
— 正点!

② 经典米白色素描本一件

③ 辉伯嘉茶索笔

④ koh-l-Noor 牌墨水

⑤ 钢笔和画刷各两支

⑥ 抛光钢棉,素描喷漆
(够维持两个小时工作)

黑裤子

平高跟靴子
(为了搭配夹克的啦)

8.

"得到你的认同真让我高兴。现在你该走了。"

"我是维克特·陈。"他一边说，一边伸出了手。

自白时段：这个男人真的非常非常帅，二十岁出头，貌似有亚裔血统。他长着一张令人着迷的脸庞：浅色的皮肤衬出黑发，深绿色的眼睛如同美玉般扑朔迷离。我不由猜想能够生出这张脸的基因组合：温文尔雅的中国父亲，和一头红发血性热情的苏格兰母亲。比起大部分女生，我对男人的体格有着更为苛刻的要求，因为我凝视他们。毕竟，艺术史就是千百年来对于人类裸体不懈的赞美与研究，我欣赏肌肉本身的质感以及在运动中形成的张力。他还戴着两件颇有腔调的小饰物：头颈上有一根玉石吊坠的项链，腰带环系着一条挂短铁链的古董怀表。

我把他定位在那类对聪明女孩很有兴趣的男人。你知道这种二线男人的，他们虽然享受围坐在替补球员席上听别人大谈大腿性感的啦啦队美女的花边新闻，实际上却对那些出没于图书馆的文艺女孩情有独钟。本姑娘的造型就是典型的文艺女生作风（还是先锋派哦！）——黑色外套加古着衫，素描板，无比有型的眼镜——所以时不时的就会被这类男人搭讪。

我与他握了握手，"很高兴认识你，维克特·陈。麻烦你不要打搅我。"

"真正的艺术家应该懂得如何接受别人的批评。"他说。

"我不是什么真正的艺术家，不过是个不入门的爱好者罢了。"我朝他微微一笑，做了通俗易懂的告别手势。"再见，维克特·陈。"

他大笑，就着我的肩膀弯下腰，仔细察看我的写生，两人间的距离对于陌生人来说已经过于亲近了。我发誓，我是真心希望他立刻消失；可不知怎么的，午后斜射的轻柔阳光令我有点心猿意马，落在他前额上的那几缕清爽的发丝，若有若无地撩拨着我的思绪。时间用它自在的节奏控制了我，就如同呼吸的起伏，忽而凝滞不前，忽而又充分舒展；浪花推动浪头，汹涌澎湃，而之间微妙的停顿则被无穷地延展。

我的脑海里突然浮现出一个奇怪至极的念头：那只鸬鹚正是时间的掌管者，它振翅待动，时间就在这翅膀的一张一翕中流逝而去。

挑战

"这张素描总体很优秀，只可惜翅膀过大了。"他说。

我说，"至少我画的鸟喙还符合比例。"

他绽开一个灿烂的微笑，"画我吧。"

"我并没有这个想法。"

"你怕了？"

"我的时间非常宝贵，我有很多事要做。"

"可是你在画鸟？"

"这也算是个例子。"

两人陷入僵持。

我拥有一种经过认证的秘密武器——蔑视之眼，冰冷、淡漠、不屑一顾的眼神。因为对着镜子练习过多次，我对它的杀伤力了如指掌。我向他发射了我的蔑视之眼。

他又笑了，"就画我吧，我可以付钱给你，保证等同于你作品的价值。"

"我不乐意。"这样的表现也太不像平时的我了。他的年龄应该只比我高中学校里的男生大四五岁，感觉上却是天壤之别。"嗨，小子，我说不画就是不画。"我把素描板装入皮包中，站起身来，摸了摸我的皮夹，准备等下付公车费。

远处的鸬鹚对我摇了摇脑袋，它不停地扇动翅膀，一次、两次，还时而上下挠抓脚爪。

"好吧，既然你还没有做好准备，"维克特说，"那就继续孤芳自赏地写你的日记，把你的大作留给你最要好的朋友去欣赏吧。"

"去你的！"我愤怒地瞪了他一眼，"你出多少钱买我的画？"

"那要取决于它的价值。"

我从包里重新取出素描本，抓起画笔。"坐到对面的墙边去。"

他露齿一笑，"哈，我明白了。你就是传说中那种女孩，必须先用激将法才能……"

"闭上你的嘴。"

他不说话了。

我开始画画。

肖像画

我画他六十岁时的样子，想像彼时他下垂的嘴角和干瘪的面颊。我估摸着他会体型消瘦，不会是个胖老头；眼睛下面挂着大眼袋，太阳穴的骨头顶得皮肤凸出来，而眼部平滑的皮肤将被类似皮革纹理的褶子所取代，还有一两块老人斑。

几乎所有我画的肖像人物，都与被画者的实际年龄有所差别。这就像是我的某种强迫症。不少人看到我画的肖像时都会大惊失色，他们因此认为我内心里希望被别人当成女巫般敬畏着。其实这并非我的本意，至少，大部分时候不是。谁都有能力画得惟妙惟肖，那是手上的把戏，任何人都可以掌握它。但艺术更应该是靠眼睛审视的活儿，需要用心灵去思考。

我结束作画后，他对着这幅肖像出神了很久。我猜他一定会厌恶我的画，我也肯定拿不到报酬，不过那也没关系。

"终于报了一剑之仇？"他终于开口了。

"别把自己太当回事了。这是我的个人风格。我喜欢想像一个人将会长成什么模样，让他们的人生快进。这些都是我的朋友们。"我翻开素描本，给他看一些其他人的肖像——我和爱玛，分别在28岁、40岁、60岁和75岁时的样子。90岁的妈妈，在家中的护理床上瘫卧不起。

他一脸好奇地看着我。"别人看到你的画时通常会怎样反应？他们会喜欢吗？"

"人们讨厌这些。"

"我想也是。"他把脸转开了一会，望向无边的大海。"看着别人变老是件有意思的事情……你知道在加拿大，人们把今天叫做什么吗？不是老兵纪念日，而是国殇日。对加拿大人而言，今天是非常重大的节日，比老兵纪念日更重要多了。因为一战中加拿大在伊普尔战役和凡尔登战役中牺牲了无数战士，索姆河战役死了八十万人，还有佛兰德斯战役和维米岭战役。有句著名的诗，'血红罂粟花盛开在佛兰德斯战场……'这就是为什么十一月时人人都佩戴罂粟花胸针。"他的声音越来越低沉。

我努力想找些话来讲，免得自己在一战的话题上显得太过丢人。"夏加尔（注：马克·夏加尔，1887–1985年，俄国画家，画风游离于印象派、立体派、抽象表现主义等流派之间。）有一幅作品叫做《水泥大门》，"我说道，"完成于战争年代，画面上既没有士兵也看不到战场，从某种层面来看非常和平而美好；然而你却能够从他的每个笔触中感受到战争的重压，就像……一首安魂曲。"他直视着我的眼睛，神情变得凝重，让我觉得有些不自在。"我爸爸生前是个画家，他经常用图画来考我——哪个时期，谁的作品之类的问题，你知道那种游戏吧！《夜巡》，伦勃朗，1642年；《宫女》，委拉斯奎兹，1656年；《水泥大门》，夏加尔，1917年。也许听上去蛮可笑的，可我的历史知识就是这么学来的。一战就是《水泥大门》与奥托·迪克斯的《一个士兵的自画像》，二战就是《格尔尼卡》……你知道夏加尔吗？"

"不太了解。"

"啊。"我开始后悔自己的罗嗦。

他又打量我。"你是一个有趣的女孩。"我默不作声。"我有个……朋友，"他说到最后一个词时有点结巴，"今天正好是她五十七岁的生日，我才忍不住感慨一番。"

"纪念日。"我说道。

他微笑，"正是。"

"我叫凯西，"我说着，把维克特的肖像从素描本里撕下来递给他，"告诉我，它对你来说值多少钱？"

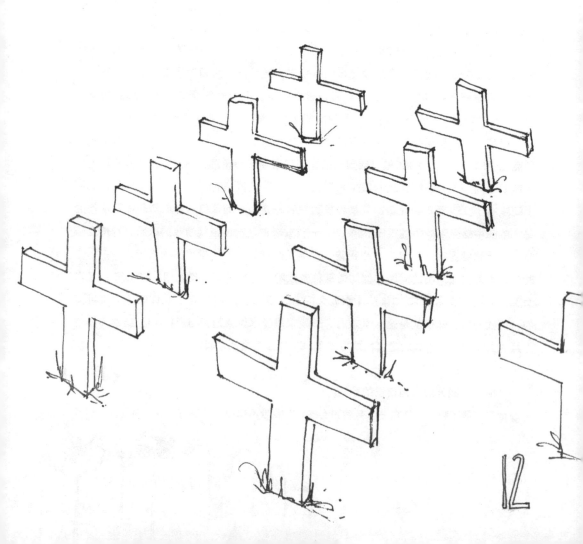

12

13.

混蛋。

以下是关于手臂事件的分析：

维克特是只吸血鬼！！！！！你看看！就是他鬼鬼祟祟蹲坐在我的躺椅上，用他隐藏在舌头下的小毒牙吸走我的鲜血！！！！

天哪，真是龌龊。

我觉得自己恶心得快吐了。

1月30日＋＋，早上3点17分
(下半夜场DJ时间)

用斯克普牌漱口液清洗了口腔，总算感觉好了一些，脑袋也清醒了。恢复了正常的感知。丧失对维先生的兴趣了，我才不好吃醋那一口。但我真的很想知道，这人到底有什么毛病！

1月30＋＋＋。**夜过于深了，破晓前**
(清洁工扫晨街时间)

我们的第一次约会

维克特带我坐他叔叔的私人飞机兜风。这可不是我的主意，他说我的画令他改变了看待世界的方式，所以他也想带给我一片全新的视野。

爱玛很讨厌被塞在闭塞的机舱里的感觉，不过我执意要她同行做伴，免得那坏小子对我产生某些动手动脚的邪念。

4000多米的高空，气流顺滑无阻，眼前没有拥挤的道路和行人，好像一不小心就会从天际遨游中掉落人间。好在一切都美丽又令人兴奋，在我们之下，田野、山丘、海洋，如同纵横交错的棋盘。

＃

我们正坐在维克特的飞机上，后座的爱玛脸色逐渐发青。第一个急转弯时，我的肩膀重重撞上了舱门，眼前赫然出现机窗外的大地，我不禁失声惊叫。维克

特的兴致却颇为高昂，还很照顾我们，他的飞行夹克上有股强劲而刺激的混合味儿：皮革、机油，还有寒冷早晨的气息。

提问："你什么时候学会开飞机的？"

回答："读中学时血拼购物课程报名满额，所以我只能换考飞行执照。"

多么的花言巧语。

他问我是否有工作，我说我还在读书，于是他问，柏克莱大学？我支支吾吾着，都能想像出后座爱玛的疑问眼色。可我不想让他知道，我不过只是"另一个高中小女孩"罢了。

后来我们遭遇了冲击气流，导致了爱玛的重大发现：飞机里并没有任何高空清洁纸袋。

*

关于维克特的五大惊喜

5、第一次约会的晚上，他请我去一家叫做"吴哥窟"的柬埔寨餐厅吃饭。柬埔寨？！我们点了香蕉花色拉、盛在椰子壳里的奶油咖喱鸡块配柠檬叶，饭后还有甜甜的柬埔寨咖啡。维克特用现金付了帐单。我上一次的约会对象是个小混混，吃的是"汉堡王"还分开买单。当然，我**绝对**不是说所谓男朋友就该风趣又通情达理，经常带你去高级餐厅吃饭最后还为你买单。不过，他至少应该尝试一下才对。

4、维克特会用纸牌抽老千。他说他在内华达长大，那里的人们会在婴儿的摇篮里放上一副纸牌。他教会我如何在牌桌上瞒天过海抓到关键的牌，不过前提是我必须担保自己的完美品行，答应绝不用这门手艺去干坏事。

3、他的双手。有力的手腕，灵活的手指，扑克牌在他手中一会儿弯曲一会儿又如瀑布般行云流水倾泻而下，生出万千变幻。我的上帝啊。

2、他连一个中国字都不认识，可法语却说得很流利。这是某次约会时我的发现。他的手机响了，突然他就像换了个人似的，满口法文与别人侃山海经，还开心得大开玩笑。我问他为什么要学法语，他的回答是，"以前在阿尔及利亚时和一帮法国人呆过一段日子，他们的英文烂到不行，所以我想还不如自己学点法语吧。"

……接下来是关于维克特·陈最大的惊喜……

＜击鼓声隆隆＞

1、他能对我的笑话作出正确的反应。

真希望他没有甩了我。真希望爸爸还活着。真希望我和妈妈不要总是吵架。
天啊，我累了。

1月31日——我的意思是，上个夜晚之后的白天

（头痛欲裂的时候）

居然忘记开该死的闹钟！！！！！！！！！！！！！！！！！！！！！

电话自动留言机的声音把我从睡梦中叫醒，爱玛愤怒的轰鸣声从话筒那头传来。"凯西？凯西？你在吗？我知道你在听。"我想着要挣扎一下翻滚下床，可惜有人却掉转了地球重力的方向，地板离我无比遥远。"好吧，随你去吧，"爱玛说，"可你千万别闯到他家去杀人放火哦！"

＜挂机声＞

"别去他家"——太过分了！我最好的朋友居然以为我会去他家苦苦哀求？至于说起放火，三年前的陈年破事还提它做甚，而且那还是辆破铜烂铁的廉价车。我自认控制脾气的本领已经升过很多级了。

另外我不得不说，那辆车是吉妮的大哥布拉德的，所以活该他倒霉。

*

在淋浴下冲了很久以恢复清醒。总算感觉好多了。

查了邮件。有条来自爱玛的短信："别去他家！"

哼，她还真把这当回事呢。

1月31日，晚上

(有个没头脑的家伙跑去了维克特的家，还挖掘到一则劲爆内幕)

我不爱跟别人争风吃醋，可我也不想被人当成傻瓜玩弄。

所以，我的计划只是出现在他家房门口，问清楚整件事的来龙去脉。这绝不是另外一次约会，哪怕他**双膝跪地抱住我的脚求饶**，我也不会原谅他。

放学后我搭乘BART（注：旧金山湾区的快速有轨公共交通系统，覆盖旧金山湾区的大部分地区，简称BART)进入市区，又换了公车前往海特爱须布瑞街区（注：Haight Ashbury是旧金山最著名的嬉皮街区，20世纪60年代的嬉皮士风潮发源地）。我的艺术少女造型混迹在满大街刺青穿体孔的嬉皮人群中，并不显得突兀。今天我穿的是Guess"不可缺少"系列的风格：紧身黑皮夹克，低腰牛仔裤搭配靴子，咚咚咚地一路冲向山坡上维克特叔叔的豪宅。

以前维克特带我来过这儿一次，是顺路来取钥匙，但他表示不方便带访客回家，所以其实我并没进去。虽然维克特说得并不直接，不过我能听出来他的叔叔比较传统，不赞同维克特与西洋女孩一起鬼混。于是我认定他的叔叔也是太空人类，就和爱玛的爸爸一样——香港出生的中国人，拿着美国居留证，但大部分时间都呆在亚洲国家。虽然我从未与他叔叔见过面，不过非常清楚他的存在，坐过他的私人飞机，还有这栋金门公园旁的山坡上的两层半楼维多利亚风格的豪华别墅，市价大约是五百万美元。

快走到街区尽头时，我的大腿几乎在燃烧了。这栋别墅藏身于一堵高墙之后，外面围着一圈小竹林，只有唯一的拱型过道通向内院。我对着大门的线条仔细研究了几秒钟，为自己打气，深呼吸。

首先跳入眼帘的是信箱。

很显然，我并没有权利拆看维克特的邮件，这明显是不应该的。可如果只是把它们从邮箱取出来——当然不拆开——然后捎到陡峭斜坡上的前门口，总该没问题吧？我是在助人为乐，不是吗？

我小心翼翼地把手伸入邮箱，就像每天取自家邮件那样。任何人看到都不会起疑心，只要他们没听见我那仿佛火车开动时轰隆作响的心跳声。愚蠢的心才因为内疚感而狂跳。

我也不知道我希望看到的是什么——来自实验室那个坏女人卡拉的情人节问候？有可能——不过里面一份手写信都没有，统统都是标准的电脑打印格式，收信人为维克特·陈——亮视点眼镜公司的打折信，两份信用卡的明细帐单，房产纳

要不是收到你的消息，我根本连去他家都想不到，显然就更不会破门而入还偷东西了。所以，这一桩是你的……

16

税通知单，以及蔬果店新货名目和一本薄薄的叫做《科学新闻》的杂志。没啥好玩的东东。

——慢着，房产纳税通知单？

我把信件统统塞回了邮箱，从坤包里掏出手机打给爱玛。"你今天怎么没来学校啊，"她在那头抱怨，"我们不是计划过要做生物课的论文吗？你说你对学校再也提不起兴趣，这我也明白。不过，哎，凯西——再和我一起坚持六个月，你就能拿到你的毕业证书了。还有，你别忘了这也是我的成绩。"

"好啦，不会把你的绩点拖累到3.95分的啦，"我说得好不耐烦，"听我说，你还记得维克特有个超有钱的叔叔吗？"

"有飞机的那个？"

"还有豪宅——维克特代他照看的房子。"

"好吧。"

"那你认为国家税务局会把房产税收通知寄给照看房子的人，还是法定房主？"

"当然是房主本人。"

"英雄所见略同！谢啦，小玛。"

"等等，凯西，"爱玛的口气满是怀疑，"你为什么要问这个？你现在人在哪里？"

"我要挂了，"我说，"回头告诉你。"

"你不会真的在他家里吧！别和我说你还翻看了他的信件？"

"我的律师建议我采取直接行动。你看，他果然对我们说了谎。这是维克特自己的房子。"

"凯西！也许是人家为了方便办法律手续才挂在他名下的，他叔叔大部分时间都在亚洲。我爸爸也为我付公寓的帐单，不过大部分帐单都会直接寄到我手里。"

"也是从国家税务局寄来的？"没有回答。"我从来就没见过他这个有名的叔叔，小玛。或许他并不存在呢？也许这真是维克特自己的呢——房子、飞机，所有的东西？"

爱玛抢白道，"一个二十三岁的人哪里会有这么多钱？"

"你说得对，"我说，"这正是我在思考的问题。"

"哎，"爱玛惊呼，转而又放慢了语速，"哎。"

"他有可能是继承来的。"我说。

"或者是某项专利权，"爱玛说，"电脑软件、生物科技。毕竟这里是硅谷啊！或者他还可能是流行歌手或其他什么的。"

"对，你说得有道理。"

"不过你不这样想，我猜得没错吧？"

"恩，"我承认。维克特从来没和我谈起过有关电脑，或是当摇滚明星诸如此类的话题。据他所说，他不过是刚毅生物科技公司里一个普通的实验室技术员，每天15个小时采集水果或其他东西的DNA样本。

"你在想的是毒品吧。"爱玛说。

"猜对了。"

"你在想，他既年轻又有钱还有私人飞机，所以他一定是个毒贩子。"

"没错。"

我简直就能从话筒中听到爱玛的大脑高速运转时发出的呼呼声。"你也可以这样想，他年轻，他有钱，他在实验室工作，他还经常加班，"她说，"也许他并没有走私毒品……也许他的工作是制造毒品？摇头丸，罗眠乐(注：毒品名)，或其他调配毒品。他若在实验室里绊倒了瓶瓶罐罐，就会不小心造出各种稀奇古怪的药，人体生长荷尔蒙加浓剂，延长寿命的人胚提取精华素等等。你想的就是这些吧。"

"我也刚刚想到！"

"老天啊！"爱玛叹道。

"好吧，"我说。我抬起头观察，一墙高耸的竹林篱笆，把他的家与外面的世界隔绝起来。"如果他的工作真如他所说的那样，那他赚的钱就连旧金山的平民房都买不起，更别说这样的别墅了。"

"凯西，快从那房子离开。"爱玛说，"你现在就上公车直接回家去。"

"喂喂？我听不见你在说什么，这里信号太差。"

"凯西！"

"哎呀——你快要断线了。"我轻快地说道。

"不要进去，什么东西都不要烧……"

"再见！"我合上手机面板，把税单塞回了邮箱，趁着自己还没泄气，一蹦一跳地走进了大门。

1月31日，晚上

(怪物觅食的时候)

九十分钟连续不停地码字，我的发条依然紧绷，如同意式浓咖啡上头。

接下来做些啥，我还没有方向。我头脑中的理智部分告诉自己，就假装刚才的一切都没有发生过。而不太理智的部分，则恨不得立刻倒卖掉我的祖传珠宝首饰离家出逃，去找维。

好消息是，还差一周我才过18岁生日，所以假如现在警察冲进来，只能以我未成年少年的身份来办案。

好吧，这种想法也无法达到我预期的安慰效果。继续打字吧……

三个老人

黄昏时分，天空的蓝色越来越深，大地上的阴影也逐渐厚重。雪白的鹅卵石标出一条通往大门的小路，模糊苍白的路线蜿蜒在如同微缩景观的山腹上。四周安静得出奇，任何旧金山的喧杂声都无法冲过这道高耸的防线——看不到喇叭震天响的车辆，举止癫狂的流浪汉，或是找死般骑快车的自行车送货员。我能听到自己粗重的呼吸声，感到心脏的怦怦跳动。经过茂密的竹林时，枝叶瑟瑟耸动，就像是在窃窃私语，互相通报我的行踪。

通往别墅的山路当中，道路裙展出一洼谷坑，连同边上的斜坡被挖建成一方小池塘。天色渐暗的黄昏中，池水泛着一层的深蓝。对面的岸边，一块青苔斑斑的云石圆台，一棵枝干虬曲的松树和一只雪白的鹤鸟，站成一队，深暗的水面上投射着它们朦胧的倒影。云石台本是白色的，上面布满蜘蛛脚似的蓝色细纹，就像老年人皮肤下印出清晰可见的密密血管。盘绕节错的松树根犹如患了关节炎的手指。鹤鸟缓缓转过它白色的头颅，黄色的眼睛冷冰冰地向我注目。我有了一种前所未有的强烈感觉，它们之前一定是在聊天，三个老人谈论着严肃的话题，而我的突然闯入却打断了它们的秘密交谈。

"对不起！"我嘀咕了一句。在鹤鸟的注视下我又往前走了几步，显然它有了些不满的情绪。终于，它扑腾起双翅，冲入天空。一棵古老的李树占据着山路的顶端，顶着料峭春寒开出了花朵。拍打着翅膀的鹤鸟最后落在了李树的枝头，它找了一处花朵密集的空隙栖息下来，继续牢牢地瞪着我。

20.

在门廊上

直到我走入别墅的门廊，那只鹤鸟依然盯着我不放。此时已近六点，我无法确定维克特是否在家。必须承认，我还是再三考虑了一下这整件事。想要惩罚莫名其妙抛弃你的男友，是正常而合理的；可是当面与毒贩子发生冲突就是另一回事了。

然而不管怎样，我的性格上确实存在一个小小的缺点，就是绝不允许自己默默地受到折磨。我按响门铃，没人来开门；我又试着转了把手，发现门并没有锁上。我转动把手开了一道缝隙。"维克特！"没人应声。他不会连门都不锁就出去吧？我肯定他在房间里，只是假装没听见我的声音。"维克特，有人找你！"依然没有任何动静。

我一边咒骂，一边在门廊前走来走去，使劲跺脚。远处，山脚下的金门公园，青翠的山林缭绕着烟雾。更遥远的地方，大海的尽头，落日的最后一缕余辉在海天交界处燃烧。李树上的鹤鸟还在监视着我的一举一动。"我想我还是回去吧。"我说。它张开狭长的黄色鸟嘴，喉咙里发出轻蔑鄙夷的咔喀声。"你同意了？"我说，"那好，见你的鬼去！"

我转过身背对它，大步迈进房门。

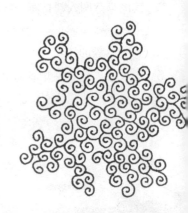

2月1日，午夜刚过
还在码字，码字，码字……

我知道，我知道！我不该闯进去。可是人非圣贤，孰能无过呢。

哎呀——刚瞄到时钟。快乐的悲伤。就快写完了——再多给我一点时间，我保证马上去写生物课论文……

别墅

进了大门是一条短短的入口过道，两侧都有房间，走廊连通着厨房。"维克特，你在吗？"

没人回答。可是隐约中我听到了吱呀一声，似乎有人开启了别墅另一端某处的房门。我蹑手蹑脚地向前走，蠢蠢欲动的好奇心中亦夹杂着强烈的罪恶感。我想起了十三四岁时帮米勒夫妇照看小孩的经历，我趁着小孩睡熟时溜进大人的房间探密，结果却发现了一堆不堪入眼的杂志。打那次以后，我就对这样偷偷摸摸的事再也提不起任何兴趣。

维克特家的厨房十足气派。正中央是外形美观的大料理桌，餐厅常用的尺寸，边上还有一大张用来准备食物的肉类加工台，外加双槽水池，天花板垂下的钩子上挂着装满大蒜和红头圆葱的编制袋和干晒辣椒。墙角有一座装了四五十瓶红酒的酒架，我随手抽出一瓶，酒标是法语的，我不认得这个酒牌——Chateau Petrus——不过瓶子上印着的年份是1945年。（注：这是法国著名波尔多红酒区出产的世界顶级红酒，因其产量极小名望又极高，经常有价无市。）

厨房还有扇后门，推启时它发出了之前我曾在走道上听见的吱呀声。肯定是维克特发现我进了前门，就从这后门逃走了。我再次跑回门口的前廊。李树上的鹤鸟仿佛受到了惊吓，用力扑腾着翅膀飞走了。碎石小道上传来一阵匆忙细碎的脚步声。"给我回来，你这个孬种！"我怒喊道。不过脚步声很快逃入正在降临的夜色幕帘，消失在厚密的竹林深处。

非常好，哼。既然他喜欢玩消失……再次回到维克特的房中时，我的罪恶情绪早已荡然无存。既然他连与我说话的勇气都没有，那我无论怎样对他都是他活该，没错吧！

《水泥大门》

我再次走入厨房，打开冰箱门。如果维克特不打算向我道歉，那至少该请我吃点东西。我在冰箱门背后的架子上找到一块哥罗多利巧克力条（注：旧金山最著名的巧克力品牌之一）——真完美。带着胜利者的荣耀，我一边大口咀嚼着巧克力，一边在房门口一间间向里探望，直到发现一间满是书架和油画的书房。维克特那台酷毙了的超薄型手提电脑，就摆放在古董红木书桌上，显得好不突兀，有点不合时宜。看上去如钞票般花花绿绿的纸片散乱在书桌上。有点蹊跷哦，杂乱无序完全不是维克特的作风。

我颇有兴致地往里迈了一步，突然呆立在那儿无法动弹了。书桌正上方处，赫然悬挂着一幅夏加尔的油画——《水泥大门》。

记得在我提及这幅作品时，维克特表示他从未听说过夏加尔这个人。可是现在，他的书房里却挂着这幅油画。我倾身凑近察看，几乎连鼻子都要撞上去了。它绝对不是印刷品，我能看到油画表层下波浪形的帆布肌理。所以，这要么是个赝品，要么就是真迹。我有种奇怪的直觉，这幅是真迹。

我的胳臂和后背上不由自主地起了一身鸡皮疙瘩。有两种可能：

　　a）两个月前当维克特说他不知道这幅油画时，他对我撒了谎；或者，

　　b）他听我介绍了夏加尔后，特地买来了这幅真迹。

在夏加尔的画作下方，手提电脑旁放着一幅装帧朴素的画像，正是我们第一次见面时我为他画的肖像。

心脏猛烈跳动了一下，我的脸涨得通红。这算什么意思？把我的涂鸦和夏加尔的真迹放在一起……他究竟在想些什么？既然他都不愿意再次见到我，那为什么这些东西对他来说还那么重要？

(2月1日，深夜，正在打字……)

刚在网上查了夏加尔画作的拍卖情况。《水泥大门》被标注为"私人收藏品"。随便一幅极为普通的夏加尔油画，例如花瓶里的一束鲜花，画得也不咋的，最近的拍卖价格是61万美元。

我的妈呀！

书桌

书桌的其他部分也乱得要命——完全不像维克特的作风。所有的抽屉都被打开拉出来，文件和纸页纷乱得到处都是：几本陈旧的护照，各类法律文件和执

照，一大把五颜六色的外国纸币——法国、西班牙、摩洛哥、阿尔及利亚、越南、柬埔寨。还有一些手写信件——或许是哪位老奶奶写来的。（除了她们，还有谁用笔写信呢？）

越来越有意思了。

信件底下凸起一块东西，是一个黑色的迷你日程表，以前维克特常常带在身边。我心情忐忑地快速翻阅，查找我的名字，结果只找到了可恶的卡拉的名字——他们上周见过三次，包括一顿午餐，就在维克特带我去机械艺术馆并给我灌了香浓的极为可疑的热巧克力的那天。

我感到喉咙抽搐了一下，很有当间谍的感觉。我的视线从书桌转移开，在光鲜的《水泥大门》这幅画中不同层次的蓝色与灰色上逗留了片刻。一座连接着这个世界与我爸爸所在世界的拱洞。

反正你和维克特都要下地狱，我对自己假想中的卡拉这样说。他是个满口谎言、背后藏着见不得人的勾当的王八蛋。你和他般配极了，大姐。

我把日程表翻到了今天的日期。

注意到那时我多么正常了吗？根本没想过要拨号码……

1月31日

5-6点　＊＊＊新椅子＊＊＊

这条记录被红笔圈出还打上了星号标记，显然是一笔大买卖。尽管似乎对于一件家具来说，表现出这样的情感未免过于激动。最新的记录是用钢笔写的，是关于明天晚上的某个约会。

2月1日

晚上7点　八仙

书桌的抽屉统统被拉开了。最底下的那个略略松动，跌出一枚个头轻巧的小包裹。我把它拣了起来。这是一只旧皮袋，平装书的尺寸，破破烂烂的很是柔软；类似那种旅行时放零钱护照的小包包，可以把它藏在衬衫下或是塞在裤子的腰带里。我打开皮袋的一头，轻轻摇动。

我在猜想，或许我等待看到的是毒品交易犯的逃跑装备：假身份证、一叠百元大钞、哥伦比亚护照以及瑞士银行的账户。然而事实上，我发现的却是更加令人费解的私人物件。旧损的信件和家谱，一张法语的结婚邀请函，许多杂乱的旧新闻剪报，还有一张全家福：一位漂亮的褐发女人牵着一个小女孩，她大约两岁或两岁半的年纪，穿着可笑的绣满蕾丝的白色泡泡裙和小白袜。爸爸站在后排，手臂挽住妈妈的腰，面朝镜头微笑。

23.

这个爸爸不是别人，正是维克特。

我的眼睛都看直了，继续仔细研究。绝对没错。除非他有双胞胎兄弟，否则照片里的男人绝对非维克特莫属。年轻的妻子是西方人，身材姣好，长着一张带有笑意的嘴巴，鼻子微微上翘，很聪黠的样子。小女娃则继承了爸爸的一头黑发和杏仁色的眼睛。

维克特已经有孩子了？？？？？？

我简直一秒钟都不愿相信自己的眼睛。维克特从来没提过这个家庭，美丽的太太，可爱的小女儿。

相片显然是在提供服装和背景的影棚里拍摄的，还可以制作成黄褐色的怀旧色调。维克特身上穿着那件与我一起坐飞机时穿过的飞行夹克，他的太太则一身四十年代装扮，紧贴头皮的电板烫鬈发，直筒长裙，袖管卷起的白色罩衫。夫妇二人看上去幸福恩爱，不过小女儿却一脸肃然，就像是洞悉着她的父母无法猜想得到的未来。

我翻过照片。吉赛尔与贝卡，摄于磅逊。我认为吉赛尔是妻子的名字，贝卡则是穿蕾丝白裙眼神凝重的女儿。我又翻转照片，看着其中的维克特。他也微笑地看着我。我对这个男人一无所知。在我之前他已经拥有了那么丰富的人生，比我想像中的还要离奇。我突然意识到，自己是多么的年幼无知。在眼前这个有着老婆和两岁女儿的男人面前，我真的不过只是一个小孩。

图形／背景

放下相片，我又拿起了日程表，迅速检索有关吉赛尔与贝卡的记录。一条都没找到。她们似乎与他的生活毫无瓜葛。当然，他从未向我提起过她们的存在。于是我猜想他们是不是已经离婚了，又或者其中还隐藏着更为悲剧的故事，比如车祸或是飞机失事。

除了这张照片，很可能在这个世界上她们什么都没留下。

＃

翻回今天的记录，我对着它苦苦思索着。

1月31日

5-6点 ＊＊＊新椅子＊＊＊

——可我的到达时间是五点三刻，听见他刚从后门离开。如果他约了人见

24.

面，那这又该如何解释？

如果你是画家或是心理学家，你应该碰到过这样一幅图像：单笔画出的一个花瓶。当你对着它凝视半分钟后，突然间图像中的花瓶变成了两个人的侧脸。人们称之为图形与背景间的逆转，当你的基本预设突然消失后，就能够从一个完全不同的角度看待事物。就在那个时刻它发生在了我身上，于是我想，如果刚才从后门走出去的人并不是维克特呢？

顷刻间今天下午所有的事件元素都重新排列组合如下：

* 我进来时门没上锁，因为有其他人已经破门而入。
* 那个人并不是维克特。
* 那个人既没回应我也没来门口，因为他并没有理由呆在这栋楼里。
* 书桌一团糟，但不是维克特把它搞成这样，而是闯入者在乱翻他的文件，寻找某样东西。

我又察看了书桌里原本放着皮钱袋的那个抽屉。抽屉并没有被破坏：它并不属于现在所在的隔层。钱袋也不是被塞进去的，而是有人想把它拉出来，正巧那时我冲上前门口按响了门铃。

有个强盗闯入了维克特的房子，翻箱倒柜地找东西，可能还已经偷走了什么。我瞟了眼手表，6点32分。任何一分钟内维克特都有可能回家，然后发觉他被打劫了。而我的指纹——醋坛子前女友的指纹——在他的东西上到处都是。

叮！

我的心脏加速狂跳，就像舌头刚刚触碰了车用蓄电池。噢，可怜的家伙。

我迅速跑回厨房，抓起一块茶壶垫猛力擦拭冰箱把手以及后门的把手，企图毁灭可能留在那里的我的指纹印。还擦了被我取出又放回的那樽Chateau Petrus的酒瓶。随后我三步并两步赶回书房，努力回想我接触的物件。一些信件，日程表，维克特的全家福照片。

此时，前门门廊传来了脚步声。

在肾上腺素作用下，我的心脏就像被射了一枪。我心想，我能够解释发生的一切。我能把整件事的来龙去脉都告诉他。我闯入了他的房间，手上还拿着他前妻和女儿的相片站在那里，这些都太正常不过了。

前门又传来了琐碎的取钥匙声。

我抓起那些我能确定自己碰过的东西，以离弦之箭的速度向后门口冲去。

25.

2月1日——晚到无可救药

(前女友的迷茫时间)

……以上就是为什么我现在三更半夜坐在自己房间里，身边却有一堆维克特的东西的缘由。

翻看这些旧破烂会让人着迷，也难免令人毛骨悚然。旧照片，破损的书信，生辰祭日……就像检阅陈家的地下祠堂。他们一度都曾是鲜活的人，少女们紧张地调整着结婚礼服；小男孩们埋头啃吃着生日蛋糕，期待即将到来的暑假；爱侣们或是坠入情网，或是为清还帐单而发愁。而如今这些生命全部都已不见踪迹，只剩下这堆杂碎的摘录纸片，就像当其他一切都灰飞烟灭之后，棺材里只剩下的那几块碎骨与头发丝。

照片里的女人究竟是谁？

*

我无法控制自己不看这张相片，维克特、吉赛尔和小女孩贝卡。拍照的时间绝不可能是很多年前，因为照片上的维克特简直就和他带我飞行时一般模样。

我家也有这样的照片。记得有一张是两年前爸爸妈妈和我在高船狂欢节上拍的。当时我还处在哥特时期，却被拍到了吃着冰激凌甜筒露出如同白痴的傻笑表情。连妈妈都在轻松无比地大笑。就像维克特与吉赛尔，我们都快乐得不得了。谁也不曾料到接下来会发生什么，除了小贝卡。可怜的小孩。我好奇她是否知道她有个这样的爸爸。

哦，该死的。我居然哭了。

2月1日　随后的早晨

(第一杯咖啡的时间)

人啊。我刚把昨晚写的东西读了一遍。过了午夜人真会变得敏感又多虑。

本人昨天的表现就像一个彻头彻尾的白痴。受够我自己了。今天我要像乖乖女一样去学校，上完所有的课，不能再丢三落四。今晚等到妈妈去医院后，我会归还维克特的东西。他的日程表上写着：2月1日晚上7点，八仙。我查了八仙，是一家位于中国城的餐厅。那里会是一处正常而拥挤的公共场所；如果我顺路造访，我和他都不会感到尴尬。我会把他的东西全都还给他，向他道歉，然后大家

暮色中降落的乌鸦，
黑色的翅膀，在树丛中盘旋。
有一只消失了踪迹。

27.

就能老死不相往来了。显而易见，他的生活中充满鬼魂的身影，无须再增添一副十二年级的素描艺术家捣蛋王的重担。

又是早晨，我的头脑很清醒。妈妈的话没错：如果像肥皂剧那样生活，你是走不远的。事情的发生永远有它合理的解释。维克特是个大忙人，本来就不该与我厮混在一起，而我也不该让他以为我已经是个高校学生。他房间里的夏加尔油画是一张临摹作，仅此而已，看到它我应该感到荣幸。我手臂上的印痕不过只是虫叮，维甩掉我是因为他已经和我玩腻了。的确很糟糕，不过这就是现实的生活。这男人以前有老婆和小孩，和一个都不曾正式接吻过的女孩在一起，对他又有什么好处？

我的生活还会继续。

2月1日，夜晚
（中国人的新年——羊年）

中国城

有时候，世界的背后还有另外的世界。哥伦布、麦哲伦、库克——他们多年来呆在发臭的木制航海船上，寻找着各自的秘密新大陆。乘BART坐到里士满大街，再换公车到杰克逊大街，经过80分钟，我也找到了我的新大陆：中国城！

不绝于耳的"恭喜发财"曲调在每个乘客挤入车厢时奏响，令得我突然意识到今天竟是中国的农历新年！一口广东话的中年妇女们，摇头晃脑地前后交谈着，聊到紧要关头，好像表示强调似的把鼓鼓囊囊的塑料购物袋的提手捏得吱吱作响。抵达中国城时，整辆车都塞满了人。像我这样在杰克逊大街站下车的乘客，一个个就如柠檬榨出的籽般从车门后面向外弹出。我到晚了——已经快八点钟了，我担心会错过维克特。

中国城里人多得水泄不通。海量人群在马路两旁欢快地摩肩接踵，行人道上挤不下的人全都走在了排水沟槽上。双运肉店旁有尊笑脸迎人的胖如来佛霓虹灯，布满全身的彩灯如脉搏般一闪一闪地跳动。这里的吵闹声简直是无法想像——人们争执嬉笑朝街对面大声喊叫，遭遇堵车的司机使劲按着喇叭，自行车的铃声，远处游行列队的敲锣打鼓声，还有连续不断的鞭炮轰鸣。人们把一整包爆竹点燃，扔向空中，于是整个夜空下都弥漫着刺鼻的火药味。

通常情况下我都不觉得自己的个头高，不过在中国城里就例外了。你也决不可能错过这种体会。人们不断碰到我身上，匆忙赶路时与我擦身而过，从药店或是蔬果铺里涌出时用购物袋挤我，或是乱穿马路时为了避开车辆突然冲上人行道撞到我。当我到达八仙餐厅时，差点被迎面而来的大玻璃门压成平板，里面涌出聒噪无比的一大家子，吵吵嚷嚷地不停说笑。我被迫后退了几步，身后却被人猛力一推，伴随而来的是一堆恶声恶气的广东话。

"喂！"我尖叫起来，四处打量。"管好你的脏手……"

我的声音戛然而止。推我的那人长了一脸横肉，就像吴宇森电影里的打手。他穿着一件闪闪发亮的黑外套，反光墨镜，领带上全是米老鼠的笑脸。他戴着连在耳朵上的通话设备，身边还站了两个同党。他们站在街头一辆黑色长身高级轿车前，仿佛要依照命令执行处决任何刮划车身油漆的人。我后退时撞到的那个家伙微微抬头，等着我继续往下说。有人在大街上点燃了一只罗马焰火筒，明亮的大束焰花如同子弹慢镜头般在他的反光墨镜上映照出来。

我强忍怒气，嘀咕了一句"不好意思"，快速走进餐厅的大门。

餐厅里面的喧哗程度比马路上更为骇人，满堂洪水咆哮般的说话声，与餐具和餐器激烈碰撞的声音交织在一起，服务生推着盛满食物的餐车在饭桌中周旋。店里弥漫着蒸螃蟹的腥气、烤焦的大蒜味和豆豉酱料味儿，最呛人的还是香烟味。加州法令规定餐厅内是禁烟的，不过我想此时我不在加州——而是在除夕夜的中国城，所以此法令并不生效。云雾缭绕的烟气，从说笑着的中国中年人的手指间冉冉升起。餐厅基本上就是一片堆满饭桌的空地，坐了五六百位客人和几十个身着红色制服的服务员。我环顾一圈寻找维克特的身影，眼睛被烟气熏得发酸，然而我注意到了一件有意思的事情。

一个男人从饭店的最里处向外走来，但凡他经过的地方，顿时哑然匿声，如同笼罩上阴影。看见他时有几人点头致敬，不过这是极少数。大部分食客似乎都没发现他的存在。可他们会不由自主地暂停聊天、在脑海里搜索话题，却没意识到他们已经陷入一片移动着的无声真空中，就像树叶对飘然而过的云影毫无知晓。等到这个男人走过，谈话声和嬉笑声又再次回归到饭桌上。他面对着我的方向，朝门口走来。

当他经过离我最近的饭桌时，我让开一步。我们的目光相接时，我的心中升腾起一种犹如坠入深井的死寂感。大堂内我目光能及的范围越来越少，而与此同时，嘈杂与喧闹也悄然隐退，化为一片含糊的嗡嗡声；紧接着，我只能听见最近那张桌子上的说话声。最后，连这一丁点声音都消失了，整个世界只剩下那个老男人与我自己的呼吸声。我落入了他的瞳孔中，心跳缓慢，几近停息。

在这片与世隔绝的寂静中，老男人朝我微笑，"你有一双很好的眼睛，"他说，"有人教会了你如何观看。"

*

——凯西，到这儿来。看看我用你妈妈的浇花壶对着一束光线喷洒时出现了什么！彩虹！

*

——用我的小眼睛在侦察，有些东西是……粉红色的！

*

——很好，红加蓝是紫色。那么红加黄是什么颜色？

*

——用你的视线去触碰，用你的眼光去把玩，你就能分辨它们究竟是粗糙还是光滑，或者又湿又软，像蘑菇那样。

你要用你手中的笔来哭泣，来欢笑，让它唱出自己的曲调。

你要用你的心去看。你要用你的心去看。

*

餐厅中振聋发聩的嘈杂再次将我唤醒。我转过身来，目驰神迷，老男人却早已离开。我甚至记不清他有多高，穿了什么样的衣服。只记得他留着一把分成三叉的白色长髯，你无法用听觉去接受他的声音，而要用你的感知去聆听，就像从一段回忆或是梦境中觉醒。

有人一把抓牢我的手臂，把我推回了餐厅门口。是维克特。

"该死的，你来这里做什么？"他有点气喘，"我不是已经告诉过你离我远点了吗？"

"我也很高兴见到你，维克特。"我把手臂抽出他的掌握，"你的礼貌真是一点长进都没有。"

"你快出去。我不是和你闹着玩的。我不想别人看见你和我在一起。"

我试图给他一巴掌，不过他挡开了我的手。我向他怒目而视："你真粗鲁。"

他拖着我走出了餐厅的大门。外面变冷了，缭绕的水蒸气从点亮的街灯和说笑着的路人嘴边升腾起来。我和他在人行道上对峙，人群从我们两边分涌而过。"粗鲁！"维克特说，"你错了，未经允许闯进别人的家才叫粗鲁。"

"我从没——"

"打劫我？省省吧，凯西。你怎会知道我在这里？我来告诉你吧，你从我日程表被偷走的那几页记录中查到的。昨天的小偷没动我的任何钱财，却拿走了一块巧克力条。"他补充道，"你觉得这像谁干的好事？"

我无比光火，然而百分之百的罪恶感却导致我的反应慢了半拍。"可是——"

"把我的日程表还给我。"他焦躁不安地继续说。"我要我的照片，还有我的玉。"

"我绝对没拿你的玉——"

"闭嘴，凯西！把我的东西全部还给我，然后从我的人生里彻底消失。"

如同抓住最后一根救命稻草，我挺起身板，喊出了我脑海里出现的第一个念头。"你这个王八蛋，你对我的手臂做了什么？"

维克特似乎遭受了电击，他松开我，嘴唇微微蠕动。

"噢！我的天哪，"我惊叹道，"你真的对我做了什么可怕的勾当。"

我们彼此瞪着对方。

"喂！"有人用广东话招呼维克特。不是别人，正是那个戴反光眼镜和米老鼠领带的臭脸男。豪华轿车已经开走了，他的一个同党也离开了。另一人站在他身边，手上拿着打火机和几包鞭炮，每包都与八枚装的蜡笔盒差不多尺寸。

"他说了什么？"我问道。

维克特耸耸肩，"我不会中文。"

"喂，香蕉人，""米老鼠"这回开起了英语，"你的妞挺正点的，"他笑道，显然不怀好意，"也给我玩玩？"

维克特静止了下来，一腔针对我的怒气仿佛突然间转变为一粒冰冷、坚硬、上膛待射的子弹。"你想尝尝你的牙齿是什么滋味么？"

"米奇领带"挑衅似的晃了晃手指。"喂——麻烦你管好自己的嘴巴，香蕉人。"我心想，小子，这下你可惨了。难道他没发现维克特是个危险人物吗？显然他并没把他放在心上，米奇向同党使了个眼色。

那人打着火机，点燃了他手里的一包爆竹的导火线。"恭喜发财！"他喊了一声，把爆竹朝我掷来。

时间慢了下来。

我不是随口说说而已，我是说维克特周围的时间仿佛凝结不前，如同糖浆慢慢沿着罐子淌下。更远处，在马路的对面，人流依旧按照原来的速度穿梭着；但是此地，在维克特身边，我能看到爆竹一枚接一枚地炸开。导火索上，火花接连溅开，直到整包爆竹缓缓在空中炸响。我有足够的时间，观赏米老鼠的大反光眼镜中火光飞扬的镜头。他咧开一个得意的笑容。我们周围的过往行人就像被一阵小小的浪潮掀起似的，此起彼伏地择路躲闪。

在这场有如梦境的慢速世界中，只有维克特行动如常。他双手分别接下一包空中掉落的爆竹，跃向"米老鼠"。"米老鼠"的眼睛睁大了。他的动作慢到可笑，他想提起手臂保护自己，可还来不及退缩就被维克特一肘子击中鼻梁；他的鼻子如同折断的树枝，立刻裂开一道血淋淋的口子。"米老鼠"笨重地向后往大街上仰身跌去，离开维克特越远，跌得速度越快。当维克特扑向他的同党时，"米老鼠"已经以正常速度瘫倒了下去。

维克特握住第二个恶棍的双手，绕上连串的爆竹后，把他的双手推入他的腹部。他的眼睛睁得滚圆，往下看时嘴巴长成了"O"型。火光劈里啪啦在他手指间闪亮着，每个小鞭炮都像子弹般砰砰作响。这人的手一阵猛烈地抽搐，身体颤颤微微抖个不停，甩动脑袋，手臂如水下潜泳般不停挥舞。他不由自主弯曲了膝盖，腿也发软了，在人行道上踉跄，东倒西歪。

维克特以一个漂亮的转身收场，注视着我，脸上露出狂野不羁的笑意，浑身火药味。在那个瞬间我愈发肯定他以前杀过人。你应该看看他站在两个趴在地上的人旁的样子，一副轻松获胜的表情。他开始大笑的时候，我好奇地猜想他到底杀死过多少人，我肯定一定不在少数。

还记得你第一次觉得自己要死的时候吗？

我很好。

（结束）

*

时间加速，恢复正常。

*

现在维克特站在我身边，也不再笑了。他把那猎杀者的笑容如匕首般折叠后隐藏起来。鲜血从他被烧黑的手指上冒涌而出。他瞥了一眼自己脚下蠕动在人行道上的两人。"新年快乐。"他拉过我的手，"走吧，让我们离开这里。"

"那他怎么办？他好像伤得很严重。"

维克特耸肩道："人总是要死的。我只是不想你和他们一样。"

我任由维克特拉着我沿着人行道走去。我已经不太记得自己之前目睹的场景了，我开始怀疑是否我病了，或是被下药了。人群又在我们身后汇拢，挡住了那两个平躺在地上的坏蛋。很快我们就拐了个弯，又走了半个街区后转入小巷，他

※ 我在看《星际迷航》续集，看到
有个角色被致命激光击中的时候，我突然领悟
了什么是死亡！他再也不会回来，而这样的
命运某天也将发生在我身上。我开始痛哭，无法
控制自己。后来连妈妈都跑过来问出了什么事，
但我什么也无法对她讲。我一直哭个不停，
压抑在我胸口。我一直哭个不停，直到妈妈开始抓狂，
于是我说头痛得厉害，她给我吃了几颗药片，
安顿我上床休息。我强忍悲痛继续看这个故事，
当电影结束时，我躺在床上，双手捂住嘴巴啜泣，
铺天盖地的恐惧感令我的身体猛到颤抖。然后
我听见爸妈关了楼下的电视，准备去睡觉了，
爸爸关掉了玄关的灯，于是我房间门口的那束小
光亮也随之暗灭。那时我还养着一只名叫小乔治
的宠物仓鼠，黑暗中我听见她的悉簌声。我想像
如果我死了，这样的声音回荡在空房间中，
会是何等景象？再也没人给她喂食，也没人
陪她玩；即使有人会这样做，那也不会是我。
没有我，这个世界照样继续。我就像是一张
被撕下扔掉的旧海报；或者是那片缺失了
海报的空墙。仓鼠笼里悉簌依旧，就仿佛
就仿佛我已经不在这儿了，
我已经离开了这个世界。
那个黑夜，如同永恒那般漫长。

33.

一直催促着我，直到我们来到一个人山人海的广场为止。广场上异常喧哗——我们发现了前面的游行欢庆人群，天空都被铜锣声震裂出一道口子。"我们在哪儿呢？"我叫了起来。

"朴次茅斯广场。"

"我要坐一会儿，"我讲得很大声，后背靠上一座建筑上。他点点头，于是我贴着墙壁滑坐下去。我需要几分钟喘气，整理头绪。

维克特在我身旁蹲下。"刚才真对不起，"他说，"我没管住自己的脾气。"

"为了什么对不起？是朝我大喊还是把那两人打得半死？"

"有时候，我大概不是一个很好的约会对象，你说对吗？"他略有迟疑，伸出手臂，双手捧住了我的面颊。"如果你能碰到我姐姐就好了，她一定会喜欢你的。"

"那就介绍我认识她。"

"她已经过世了，"他说。"她……不提了。凯西，我对发生过的一切感到抱歉。我非常喜欢你，比你想的更喜欢。但这不……和我家的男性牵扯在一起会让你倒霉的。我们有突然消失的坏传统。"

"我已经注意到了。"我淡淡地说。

"凯西，你还只是个孩子，而我不是好人，你不该与我有关系。有很多事你都不知道。"

他的掌心温暖了我的脸庞。我说道："你可以让我知道的。"

他温柔地拨开一簇挡住我视线的发丝。"我几乎也以为我能告诉你。"时间又慢了下来。他凝视着我的眼睛，我以为他也许打算亲吻我了，我想我会让他这样做。

*

我的手机响了。

见鬼！

维克特站了起来。我掀起盖子。"你好？"

"我是卡拉·贝克曼，名字没说错吧？"

"爱玛，是你吗？"

"我是卡拉·贝克曼，刚毅生物科技公司的助理科研员。"

"我现在对她一点兴趣都没有，"我说，"听着，我要去——"

"她死了。"爱玛说。

"卡拉死了？"

"谁打来的？"维克特猛然说道。我挥手示意他安静，尽量从喧哗的人声中辨认出爱玛的话语。

"今天早上有露营爱好者在海滩上发现了她被冲上岸来的尸体。"爱玛说。

"溺水身亡？"

"有可能。如果那两颗击中腹部的子弹还没有把她打死的话。"

"天哪！你是怎么知道这些的？"

"警察局线人提供的内部消息。我在报纸上读到的，笨蛋。做好准备听最精彩的部分了吗？"

我拿着手机低下身，努力避开中国新年的喧闹，试图听清她的话。"说吧。"

"发现尸体的地方在蒙特利的南部——离你男友开飞机带我们去吃午餐的地方大约十分钟的车程。"

"我的老天哪！"我记起在维克特日程表上看到的信息，上周他与卡拉有个匆忙的约会，之后就再也没有提起过她。

"如果我碰见你那个朋友维克特，我一定开溜。"爱玛说。

我倒吸了一口凉气，抬起头。维克特不见了。我一跃而起。他融入了朴次茅斯广场欢快鼓掌的人群中。他消失了。

第二部分
2月2日，周日早上
(产生极其诡异的念头的时候)

睡醒时枕头上依然有浓重的火药味，记忆中鞭炮飞炸的场景如慢镜头般播放着。之前妈妈已经试过三次，想把我从床上弄起来。"如果你想向我证明你没有吸毒，你的表现完全没有说服力。"

提问：好吧，如果我真的在吸毒呢？

2月2日，下午
(百货商场美食广场时间)

"那个针眼，"爱玛说着，两眼瞪圆，"难道你怀疑维克特给你注射了毒品？"

今天是周日，我们在逛百货商场。"我确定他对我的手臂做过些什么，时间在我身上走得比以前缓慢。"

"也可能是肾上腺素的作用。就像小说里的主人公遇到危险时，他的一生就会历历在目。"

"也许吧。"我言不由衷地回答。

我们踱步走到了Radio Shack(注：美国第三大电子零售商)的柜台。"30／30计划依然成立，"爱玛兴高采烈地汇报说。爱玛的目标是在30岁前赚到30个百万美元，她打算把具备语音识别功能的手机卖到尚未被开发的中国市场来实现她的目标。每过几个礼拜，她总要到Radio Shack和Fry氏电子公司的柜台转上一圈，以确认市面上现有的语音记录软件依然非常粗陋。那么在未来她在麻省理工读书的三年半中，就不必为她的赚钱计划被别人捷足先登而担心。

"那么做完30／30计划后你有什么打算？"我说着，面朝美食广场调整行进方向，"统治地球吗？"

"每个女孩都需要一个梦想。"

我们在美食广场找了个空位坐下。爱玛从她的背包中翻出一打纸来。"你知道吗？维克特的公司几周前被收购了。"她递给我一些她从网上下载的新闻资料。"是被蓬莱药业公司买走的。可以想像有很多人会失业。"

"你认为维克特被解雇了？"

"反正他富得流油，他有什么好担心的？"

"恩……我想钱对他来说应该不是问题。但是这件事发生的时候，正好就是他变得古怪又不想与我见面的那会儿。"

"他肯定在实验室里搞些什么名堂，"爱玛说。"我能够感觉到。"

"先别管这个，刚毅生物科技公司到底在研制什么东西？"

"什么都没有。"

"啊？"

爱玛耸耸肩膀。他们关注的是细胞因子的领域——事实上，他们正在研发一种预防癌症的疫苗，不过才进行了九年。所以显然易见，还没研制出任何产品来。"

"已经九年了？"

爱玛翻了个白眼。"老实说，生物科技是一场商业噩梦。烧了十五年的钱也没弄出一样产品的也大有人在。"

"为什么有人会开一个公司又……"

"为了潜在的利益。想想你平时用的产品。比如说，吹雪机。你能把它们卖去阿拉斯加，可换作佛罗里达就不会有人去买；拥有房产的人会需要，可是住公寓的人就不会买。你还在听我说吗？"

"当然。"

爱玛的目光从刚毅公司的新闻稿上抬了起来。"要知道，生物科技的市场就是，不愿自己生病死亡的人类。"

原来如此。"真是个大市场。"

"你觉得我们会花多少钱买一支能够对付肺癌或老年痴呆症的疫苗，一颗治愈心脏疾病的药——"她伸出双手掩住了嘴，爱玛一直保留着这个非常中国的习惯性动作。"喔，我的上帝啊，凯西。我以前真还没认真想过这个问题。"

"没事的。"我说。

我的爸爸以前就画鸟类。

"就是这样，凯西——从前我教过你的画法，'骨头上面抹肥油'。你知道吗，在我年轻那会儿，我也画过些可怕的东西，如噩梦般的图画上，满是我所理解的那种深刻的愤怒，所谓大幻灭。乖乖，没有谁能像一个未经世事的二十一岁毛头小伙子那般热衷于幻灭。于是我画出了这些令所有人都由衷钦佩的画作"——"甚至连妈妈都会欣赏？"——"几乎所有人，我应该这样说。我获得了丰厚的报酬，甚至还拿了几个奖……不过之后我就有了个小宝宝，于是所有的愤怒就显得很可笑。"

*

"真是不好意思！"爱玛草率地整理那些纸页。"嗯——我现在要去买些吃的。你要些啥？"

眼睛有些刺痒，我随手擦了擦，从手袋中取出了一块花生酱三明治。"我的身体是一座神庙。"事实是，我家太缺钱了，我根本买不起商场里的食物。妈妈的钱要派上更重要的用途。比如买哥顿金酒。

爱玛买了一份墨西哥煎玉米饼套餐，不由分说也带了一杯可乐给我。"谢啦。"我说。

我卷起袖管。针眼已经消肿，基本看不出来了。"会不会是维克特在我身上试验某种神奇的仙药？或许他给我打的是试验阶段的癌症疫苗？"

"我敢肯定地说，一般能够通过美国食品药品管理局审批的人用药物试验，绝不包括在实验员的女朋友不了解状况的情况下，迷倒她来进行药剂测试。所以我认为可能性更大的是，他在制造某新品种的市售毒品——用你来测试副作用或是上瘾程度。"

呃！"那我还情愿是'癌症疫苗'呢。何况，你说的也太冒险了——迷倒我后给我灌毒？如果他能拍下一幅夏加尔，他完全有能力雇个酒鬼，把他当成针垫随便乱戳，再关在某处神秘的毒品地下牢房中随时监控。"

"造一所那样的牢房要花多少钱啊？"爱玛又来了灵感，"现代的犯罪之王应该去租一个才对，超级方便好用，又省却后顾之忧。"

美食广场逐渐拥挤了起来。一个面容疲惫的年轻女人拖着一个啜泣着的小女孩，坐到了我们旁边的桌子，她机械地喂炸薯条给小女孩吃。小孩吃得一塌糊涂，在吸鼻涕的间隙，用污秽不堪的小手握住薯条，一根根塞入自己的嘴里。"不知道维克特的老婆和小孩现在会不会也在某家美食广场里，"我说道，"吉赛尔和贝卡。"

"如果柬埔寨也有百货商场的话。"

"什么意思？"

爱玛舔着手指上的玉米浆汁。"那天接到你的电话后，我在谷歌上查了点东西，包括照片背后的地名。磅逊是柬埔寨的一座海滨小镇，更多人管它叫西哈努

克市。这个名字来自历史上某个国王或大将军或其他什么头衔的人。在越南战争前，此人曾领导柬埔寨的解放斗争，让柬埔寨成功地从法国的印度支那殖民统治中独立出来。

那么，吉赛尔很可能是法国商人或外交官的女儿咯？快看看你们的——外孙女吧。也许他们是在维克特背包旅行时认识的……这事应该发生在他在中学学会开飞机直到开了家秘密的分子生物实验室中间这段时间里。

天才晓得。

我想到了维克特的玉符，他诬陷我偷掉的那块，也许它正是他们这次柬埔寨之行的纪念品，说不定还是吉赛尔送给他的礼物。"我后来又看了他们的结婚邀请卡，制作相当精美，不知道她的家人有没有从法国飞去参加他们的婚礼。"

爱玛蹙起了眉头，"你后来又看过它？这话什么意思？"

"啊，不是已经和你说过了嘛！"我想忽悠过去，"喂——你的玉米饼好吃吗？"

她的眼睛眯成了一线。"凯西，你没从他家里拿走什么东西吧？"

"有时候他们的饼一点也不松脆，咬上去粘糊糊的。"我自言自语。

"凯西！"

"那时正好有人进来了，我实在吓傻了。"

"你真了不起。"爱玛又翻了个白眼，"好吧，显然这是非常严重的过失，"她的语气很严厉，"——不过既然木已成舟，给我看看你的战利品。"

"噢，爱玛——我做梦也不敢想像你愿意当我的帮凶。"

"你可真逗。快给我看你拿走的东西，否则我就向警察举报你。"

"你凭什么认定我会把它们带在身边？"

"如果你清楚某些问题我有能力帮你解决，你就不会费劲自己去思考。"

"我恨你。"我说。*我说真的，我很认真的说……嘿嘿嘿*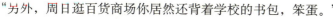

"另外，周日逛百货商场你居然还背着学校的书包，笨蛋。"

算她狠。

爱玛笑盈盈地看着我用袖子擦干净桌子，摊出我从维克特书房里缴获的战利品。她孜孜不倦地左挑右看，视线在旧剪报和维克特与吉赛尔的照片上驻留许久。地球人都知道，她绝不是挂念维克特，她甚至认为我去他家是非常白痴的行为。不过此女极爱破解谜题的活儿。爱玛把注意力转向一枚小信封，里面的小纸片上有个口红吻印。她用手指尖小心翼翼地捡起纸片，满脸鄙夷，就像恨不得立

刻用消毒剂清洁它似的。"呦儿——。"

"嗯。"

"这不是你的吧？"

"爱玛！你觉得我像送他这种小吻痕的人吗？"

她透过眼镜片上方斜视着我。

"我可不用波普挞红的唇膏！（注：波普挞，一种美国流行的零食，类似夹心薄饼。）打死我也不会选这种颜色。"

"可是卡拉会用，"爱玛说，"它会在聊天时让人看上去比较有趣。"

爱玛放下纸片，又拣起几张维克特的日程表。"卡拉的号码！"

"嗯，还有一些我看不懂的数字，"我说，指出一个他写着1 4? 5? 9 2? 3的地方。

爱玛眯起了眼。"你带手机了吗？"我点点头。"把它给我。"她说。

"你自己的呢？"我问道，一边从手袋里找出手机。

"等等。"她接过，按照日程表输入卡拉的号码，408 236 - 2161

"爱玛！"

"怎么了？难道她还会接听不成？"爱玛说着打开了扬声器，让我听卡拉的 _表现了 解决问题的积极性_
语音服务留言。

录音信息说："若想接听留言，请输入四位数字的接入密码。"

爱玛按着一张日程表。"他在想如何破解她的接入密码，听她的语音留言。"

"啊上帝啊！真有你的,爱玛！"

她嘿嘿一笑，"别忘了，我可是电子专家！维克特肯定偷看过她输密码接听留言。他已经为你识别了几个数字，还差四个。"她抬起头，征询的目光投向我。

"你希望我破解她的信息系统？"

"嗯哼。"

我终于明白了。"这就是为什么你要借用我的手机，"我说，"你不想被电话公司的记录查出打电话到卡拉的语音信箱的人是你，你这个猪头。"

"你真够了解我的。"她显然没有任何羞愧与忏悔的意思。"我想，你最合适来完成所有的非法行为。毕竟你才是那个疯狂痴迷的前女友啊。审判团的最爱，可爱的上城少女陷入错综复杂的案情——"

"噢，闭上你的嘴。"

我试了两次就找出了正确的接入密码。

我们把留言听了两遍：一条是卡拉与她老板的会议提醒（她去了之后就没活着回来），另外还有维克特焦虑的声音，恳求她不要向任何人泄露他正在进行的一宗秘密的项目。

"我的天啊。"爱玛长叹一声。

"好啦。现在让我们整理一下头绪，"我说道，"第一，刚毅生物科技公司被收购了，新的管理层即将入驻。"

"维克特很担心，"爱玛说，"因为他正在实验室里开展某个项目。"

"语音信息已经告诉我们啦。如果你现在就去刚毅公司，他们会笑话你的。至于你想'把它拍卖给基恩公司，让他们投标'，那会导致你我都被公司炒鱿鱼。"

"所以她打算决定按照自己的想法行动，"爱玛说，"她与维克特当面对质，就像你昨天晚上那样。然后，她就失踪了，"爱玛越说越慢，语气凝重，"接着她就溺水了，还被枪杀了。"

我们两人面面相觑。

"我讨厌这个故事，"我说，"太恐怖了。"

我又拨了卡拉的号码，输入密码，重新听了她的信息。不知为何，留言里维克特焦灼的声音，让我觉得整件事情愈发真实了。

爱玛又从她圆圆的眼镜片后瞥了我一眼。"凯西，你要向我保证，绝对不要掺合进这件事中。"

"你在开玩笑吧？"我说，"你真把我当成疯子了吗？你以为我想遭到枪杀后再被丢到海里去么？"

"那你不会打算再去维克特家刺探消息了吧——"

"绝不！"

"——也不会去检查他的飞机是否还停在飞机库里——"

"啊！说得没错！我打赌他把飞机开走了！哪怕警察扣下了他的驾驶执照，他们也不会立刻想到去查他的飞——"

"凯西！"

"啊噢，我知错了。"我埋头把可乐吸管插进嘴巴里，吹出一片细腻的泡沫。"我本来就没打算要——"

"你要发誓！"

"我向你保证，"我说。

我的脚趾
都抽筋了。

46

艺术家/侦探

女便衣

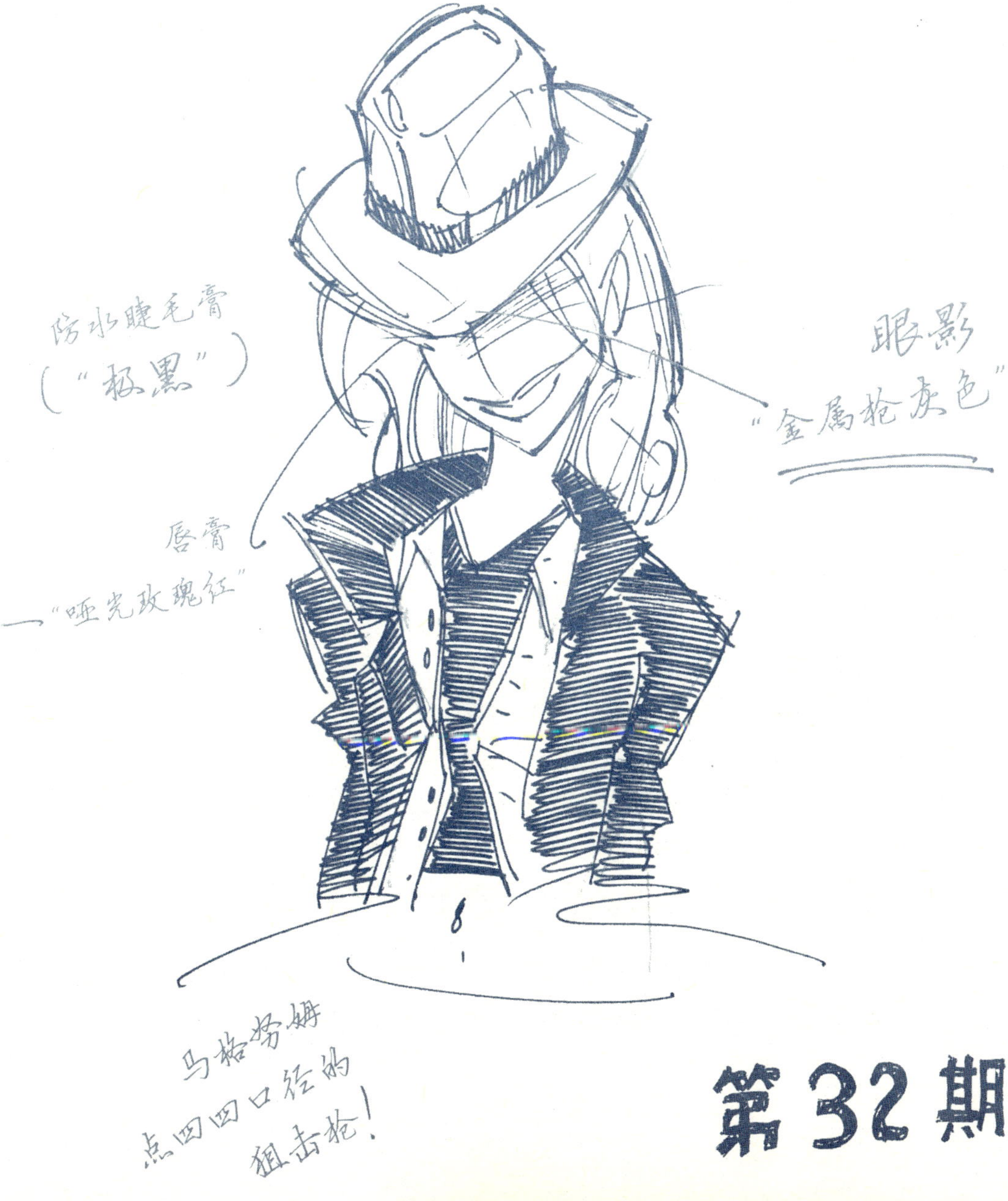

第32期

2月3日，早晨
(著名的最后留言时间)

很显然，如果我只去中国城小小调查一下那个失踪的玉坠，应该无伤大雅吧。

2月3日，晚上
(千纸鹤时间)

刚从中国城回来，依然健在，只是被吓得够呛。

我越往里面探究，诡异的事情就越多。

*

放学回到家，忽略妈妈喋喋不休打听我的作业情况，找出一张维克特佩带着玉坠的旧速写图，在画板上画出清晰的放大版本，以便向别人询问。

艺术少女侦探围绕着她的告密者打转，她带着防弹画板，外加一把装满马格努姆点四四口径的狙击枪。她的掩护妆容是金属枪灰色眼影和火药灼烧效果的黑色防水睫毛膏。

艺术女："看，让我来告诉你发生了什么！指出那个偷东西的嫌疑犯，我会把他揪出来的！"

目击者："什么？"

艺术女：<叹……>

*

妈妈把车开去上班了，于是我只得再次搭坐BART。室外灰暗阴冷：冬天的太阳就像一摊褪色的油渍斑，不一会儿就消失在皱巴巴的天空中。当车子驶入里士满站时，BART的管理员正在驱逐一些乞讨者，把他们赶入寒冷的黑夜中。乞讨者又转移到了候车室。这些嫌疑惯犯是：

* 为了食物什么事都干得出来的老兵。

* 又肥又老的中国男人，靠卖自己折的纸花来换小钱。

* 穿着尺寸小三码的羽绒滑雪背心的哥特女阿飞。窄脸，黑眼圈。我很好奇用乞讨来的这点钱她能买到什么样的毒品？那毒品是维克特制造的么？

*

六点零三分，我在杰克逊大街下了车。天色已完全黑沉。酒鬼们卧倒在人来人往的人行道上，赶路的人群麻木地跨过他们的身体，甚至不屑低头看一眼。刚下班

44

的年轻女营业员——穿着廉价闪光外套的小姑娘，举着手机讲个不停。矮个老太太拎着满满的塑料购物袋，显得无比吃力。除了我和酒鬼，其他都是中国人。

在格兰特大街上，我找到了一家看似还像样的首饰店，叫做玉石帝国。

艺术女<手持玉坠的画像>："打搅了，你知道——"

店员<皱眉>："你是来买东西的吗？"

艺术女："今天没这个打算。"

店员：

艺术女："我只是想打听——"

店员："不行，你去珠宝宫殿问吧。"

艺术女：

珠宝宫殿里连一个会说英文的人也没有。

三十分钟之后，我由衷感叹自己就像一个邻家笨小孩。这些人怎么就搞不清状况！真正的美国人，就该说来自正宗美洲地区的正宗美国语言，就像英格兰那样的？不过有时候，真正的美国人可比你在MTV中看到的要人高马大得多。

我继续在大街上晃荡（又饿又累），身上只剩下五美元，一半还要用来买回家的BART车票。我矮身进入孙诺面包房，没人懂英文。我指了指一块看上去像烤猪排面包的东西，结果证明我的判断失误。

重新回到寒冷的黑夜中，我大口大口咀嚼起来。每家店都门户大开，街上混杂着各种气味：孙诺面包房里热狗和烧烤酱的味道；百龙二手书店里潮湿的廉价纸张的味儿；鳕鱼、鳟鱼和鱿鱼湿露露闪烁光亮的切块摆放在吴记鱼市门口的冰块上散发出来的味道。再往前一家是二手服装店，便宜的背心裙和化纤材质的长裤，香港货，散发着卫生球和樟脑丸的气味。

我在罗丝巷转弯，那里有金门幸运饼干工厂。巷子的铁门大开，潮湿的水蒸汽涌入夜空。地面上到处都是白色的面粉脚印，就好像鬼魂们踩着走出巷子似的。

水汽和饼干面粉团的味儿，在街区末尾被刺鼻的烧香味儿所取代。那里有一扇门，上面写着：

迷踪贸易有限公司
MY JONG TRADING CO

从窗户张望，里面堆满奇珍异宝：香柱、象棋盘、装满珠宝的托盘、大肚垂耳的玉石黄铜与象牙雕刻的佛像；尘封的书架上，有古老皮革封面的旧书，盒装的骰

45.

子、多米诺骨牌以及麻将。我自己苍白的倒影，叠置在所有东西前，就像一个在玻璃前摇曳的鬼魂。

走进门时，门口的铜质门铃突然大声响起。屋里的空气浓密而温暖，我闻到一股香烛与雪茄烟丝的气味。我举步维艰地在书架群、蛇型雕塑和闪亮的带有龙爪的黑漆家具中前进，走向店铺最里面一圈缭绕在半空的烟气。眼前突然出现一个玻璃展示托盘，盛满戒指、珠宝盒、怀表、胸针、邮票、印章，还有些锃亮的东西。一只肥肥的果酱猫咪正在玻璃柜台上打盹。漆皮摇椅上坐着一位灰发的中国女人，手拿一根长杆土烟枪正在吞云吐雾。

我打开素描夹，取出维克特玉坠的放大版图画。"这是我男朋友的玉符，"我把语速放慢，一字一句清晰地说道。"你能辨认出它有什么来头吗？"

看店的女人提起猫咪的尾巴，用烟枪的一端指点着玻璃柜台里的一盒玉符，没有一块和维克特的相似。"你喜欢这些吗？"

"不，谢谢。"

她耸耸肩，再次把烟枪塞入嘴里。

"玉圭。"一个陌生的嗓音突然响起。我不由跳了起来，四处观望。角落深处，有个年纪很大的中国老男人。爬满皱纹的圆脸，几乎被白发完全遮住，两腮和嘴唇上方长满了花白短须，下巴还垂着一缕雪白的长髯。他身着一件宽大、打满补丁的竹叶图案的长袍。他面前的桌子上放了很多叠看似纸钱的玩意，不过是红绿相间的，也没有已故总统的印花；上面画着一个胖嘟嘟的大眼娃娃，大腿上还抱着一条巨大的鱼。白发老头正在摆弄手里的两张纸币，又叠又按地把它们折成一个奇怪的形状。

"哇！"看店的女人吃了一惊。她向那老头深深鞠了一躬，让人不禁会以为他是一个帝王，或是圣人。他微笑着说了一些中文；她又鞠了一躬，急步跑进了店铺的后堂。那里也许有个厨房，因为我听到了泡茶的声响：水龙头的水注入水壶中，然后"呼"的一声点燃了燃气炉。

我仔细打量了这个老头。"我认得你！我看见你在里士满的BART车站做纸花！"

"必须有玉圭才能觐见皇帝。"老头呼哧呼哧地说着，"或者，让皇帝召见你。"他一笑，脸上的皱纹全都挤做一堆，就像一张被蹂躏过千万次的地图。"我们一样，你和我，我们插手了别人的事。"他在整个说话的过程中，手上一直折着花花绿绿的纸币，发出簌簌声。姜黄色的猫咪溜达到他脚下，耳朵竖起，微微抖动倾听。老头手指一弹，纸鸟蹦了出去。

时间又开始摇晃。

我听见后堂水壶嘶嘶鸣叫，猫竖起了颈毛。我感到了自己的心跳，就像被一阵汹涌的波浪冲击着胸膛。圆圈状或一直线的灰色烟气在空中飞舞盘旋。我看着它们推动纸鸟发光的双翅慢慢旋转，似乎要将它唤醒。

*

猫咪"喵呜"一声跳下柜台。纸鸟在空中转悠了一圈，仿佛自己拍动着翅膀，朝竹帘屏风后冲去。屏风后，垂头丧气的胖猫拖着鼓起的肚子卧在一尊黄铜佛像的光脑门上，它把自己挂在那里，极不雅观地磨蹭起来，直到慢慢滑向佛祖老人家的肚腩，才"扑嗵"一下跳上一块中式绒布。然后它立刻大摇大摆地走开了，就像完全不承认自己前面可笑的模样。

屋后的珠帘一阵悉簌声，看店的女人端着一方黑漆托盘走出来，上面摆放着一具铁茶壶和两个小茶杯。她把茶献给了老头，他愉快地接过，呷了一口。"你见皇帝的时候想别人在场吗？"他说着，点头示意那张维克特玉坠的图画。

"皇帝？"我觉得自己就像那只猫——云里雾里，摸不着头脑，随着时间流逝显得越发愚蠢。

老头露出一个笑容，"换句话说，就是给玉圭的那个人。"

见鬼的，那又会是谁？维克特吗？还是另有其人？难道他是个类似傅满洲（注：英国作家Sax Rohmer同名小说中的东方杀手，是欧美国家20世纪初家喻户晓的人物。）那样的角色……？也许这个"皇帝"就像是中国教父，把鸦片卖入美国。我不由想像自己被人拖进码头附近的某个地牢中，扔在了穿着丝绸长袍的邪恶犯罪首脑的脚下，他将用各种令人发指的酷刑，来折磨偷窃了维克特东西的我。

这就是为什么我妈妈总说我有"艺术家的脾气"。

看店的女人递给我一杯茶，碧绿色，飘着香气，貌似有些忧愁：就像远处飘来的灼烧泛潮秋叶的味道。很明显，我绝对没有可能喝掉它。它可能被下过迷药，或者剧毒，又或是……无论如何，我绝不喝这杯茶。

老头又笑了。"我有个老朋友，有次人家请他去做大官。非常显耀，被他拒绝了。'我宁可当一只在泥地里摇尾巴的乌龟！'"老头乐得咯咯直笑。"危险啊，小角色和大人物搅合。聪明点就应该呆在家里，在泥巴里摇摇你的尾巴就好！"他斜过脑袋，似乎在研究我，"不过……也许你还太年轻了。"

"你说的没错。"我答道。

老头点点头，"等一等。我去找戴玉圭的人。"他气喘吁吁地站起身，又停住了，"等他来了，我建议你别说自己的年纪，画画的女孩。"

"不能说我的年纪？"我一头雾水。

"也不要说出生的月亮！"

"月亮？什么？你是说我的生日？"

他笑呵呵地把一支手指放在短须下的嘴唇上——嘘嘘——然后掀起帘子退入店铺的后堂。

戴玉圭的人要来了，但我不可以告诉他我多大，或是我的生日？这算什么意思？

一阵纸张翻动的响声从屋后传来，就像有人在狂风中看报纸似的。

看店的女人也不转身观察动静，她纹丝不动地盯着我。"茶叶不错吧？"她说，她提高嗓音盖过了纸片的簌簌声。

"有桃子味。"我把茶杯举到唇边假装抿了一口，心里盼她快离开房间，我就能把这杯东西倒进角落里那只龙纹装饰的瓷花瓶里去。

折叠报纸的声响逐渐变轻，取而代之的是一阵凌乱的脚步声。片刻的安静，突然被一声响亮的嘶鸣声所打破。

"那是什么鬼东西？"

看店的女人注视着我，神色礼貌而又神秘。

又是一声短促的嘶叫，随后传来一阵低沉的嘶嘶声。"你们的厨房里豢养毛驴吗？"我大声问道。

"啊，没有！"女人回答。她非常肯定地用力点点头，手指把烟枪里装着的烟丝按实后，把手伸进了化纤裤子的口袋里。"是风。"她加了一句。

"风？"我半信半疑地重复道。

她从口袋里摸出了一个银色的打火机。"风，是的。"

屋后又传来一阵嘶嘶声，然后我清晰地听见了铺着油毡的地板上踢嗒的马蹄声。

女人点亮火机，把一叶幽黄的火焰塞入她烟枪的烟丝口。烟丝片像热电线一样被烧亮了。我听见后门被打开，缓慢的蹄声朝门外走去，最后消散在夜幕中。

"现在怎么样？"我说。

女人笑了，牙齿间飘出缕缕烟气。"现在等待。"

我们等着。

这太疯狂了，我对自己说，我应该离开才对。我答应过爱玛，绝不再搅混进维克特的秘密生活。我能够想像，那个老头此刻正要去接一伙白人奴隶主，他们会套一个袋子在我头上，把我偷渡到新加坡某个毒贩子的老巢。也许，更有可能的是，他正在去某个慈善厨房的路上，那里辛劳工作的社会义工会把他扣下，强迫他完成他的心理评估。

"你死过。"看店的女人冒出一句。

"你说什么？"

"眼睛里看得出来。"她端起烟枪装烟丝的一头，烟杆轻轻拍打着自己的胸口。"空洞的心才有空洞的眼神。你差点就死了，对吗？"

"没错。"我别过头去，拿起茶杯喝了一口，才猛然意识到我原本不该喝它。烤干茶叶的苦涩滋味在我身体里低婉曼语，诉说着秋天的雨季。

"好啦没事啦！"女人三步并两步走到前面老头坐过的桌子前，"你需要冥钞！"她取出一张面额100元的纸币，看上去就像新加坡、马来西亚或是缅甸的货币。上面没有国王或总统的头像，却有一个光头娃娃，骑在一匹腾起在火焰上一半老虎一半马的怪物上，最上方还写着一行英文：**冥界银行现钞**。

"我需要冥钞？"我说，"哈，我当然需要它，还用说么。可是为什么呢？"

"你需要钱，我需要钱。鬼——死人——鬼也需要钱。"

"为什么？"

她耸耸肩。"买鬼的东西啊：鬼的食物，鬼的衣服。还有个用处：上天堂。"看店的女人看着我的眼神，就像在看针垫上最冒尖的一根绣花针。"你以为鬼是免费进天堂的吗？"她捻捻手指，打出了一个表示钞票的国际化手势。"天堂的保安也要收钱。你认识的鬼，他要冥钞。你要给。"我呆如木鸡，完全搞不清楚状况。她不耐烦地抽出一刀百元冥币塞给我。"拿着！"

"我该拿它做干什么呢？"

她快步回到里间，片刻后，拿来一个不大的铁火盆，背面还焊接着一尊小小的神龛：比木炭火盆大不了多少的玩具宝塔。女人把它放在了柜台上说："好啦好啦！现在烧吧！"

"你想让我烧纸钱？"

她翻了个白眼。"你以为怎么给到鬼？信？"她嘲讽地说，"大邮票，到天堂，我想。"

她怂恿我给死去的爸爸烧点钱，但显然我有点动心了。

看看烧了会怎么样吧。

我把一叠冥钞放进了火盆里。

"你现在想着死去的人，一分钟。"

"好的。"

"闭上眼有时候会管用。"

"好，已经闭眼了。"

我合上双眼，用力回想我的爸爸。一开始我做不到，我的脑海不停在思索着，折纸的老头究竟去了哪里，他真的是骑驴子走的吗，还有他会带回什么人来。我思索着，为什么自从发现手臂上的针眼之后，时间就在我身上变慢了。这些天里已经发生过两次了，不，是三次。餐厅里那次也是——胡子辫成三束的中国老男人经过我时，声音渐逝，万物消沉，时间和世界都停止不前：如同在高速旋转的轮盘的中心，空洞而死寂。

*

……然后不知道从记忆的哪个角落里浮现出来了这个片断。我从学校回到家，随手倒了杯牛奶，把头伸进爸爸的工作室里想跟他打招呼，这是我每天下午的例行公事。

没人应答。那个周末妈妈出城去了，房子悄然无声，就像是一所空宅。

工作室的一面墙上有窗户，爸爸需要很多自然光线来作画。我记得那天光线特别亮，每样东西都清晰可见。爸爸躺在工作室的地板上，一大束光打在他的胸口，阳光。数不清的灰尘在光线经过的地方纷纷扬扬。

时间破开一道口子。

就像连接着两个世界的桥断裂了，而我被困在了一头：这里，现在。与此同时，桥另一头的我在尖叫，牛奶杯从我的手中滑落，我知道爸爸已经死了。

两个时空间，什么都没有。一条深渊。

只有尘埃，依然漂浮在那片空洞的光亮中。

*

"这样就好。你干得不错。"看店的女人把她的银色打火机递给了我，"现在，献上你的供品。"

我点着打火机，把火苗凑到了一张百元纸币的一角，看着火光吞噬了这张薄纸片。它的表面上如开出一朵焦黄色的花朵。纸片逐渐弯卷收缩，裂开一条缝隙让火舌进入。下一刻，整刀纸币都着了火，灰烟袅袅。我的脸颊上挂着泪珠。我把打火机还给了那个女人。"多谢。"我说。

她捏了捏我的手。我们一起看着这些纸币烧成了灰烬。我用手背拭去脸上的泪水，努力让自己恢复冷静。"好了。现在呢？"

看店的女人就着烟枪猛猛吸了一口。"你欠我五美元。"

"啊。我想——我的意思是，我只是以为你给我的是……"

她笑着摇了摇头。

当然，她不可能给我免费的商品。

我只有用支票付了帐。

*

踢嗒，踢嗒。马蹄声回来了。商店后的门砰的一声被撞开。更多杂乱的嘶鸣声，慢慢地被稀里哗啦响亮的折纸声所淹没，就像有人试图用圣诞彩纸包裹起一只驴来。又或者，它更像是——一阵凉气窜上我的后背，我想起了那只似乎展翅飞翔的小纸鹤——更像是那个老头如折叠地图般叠起了那只驴，把它塞进了他的口袋。

店铺后堂的门帘被拉到一侧，一个新来的人走进了屋子。他穿的衣服很整洁，只是款式略嫌过时：一件长身的军装夹克，领口处紧密扣起，头上还戴着一顶无檐帽；一根宽腰带把夹克紧束在腰际，腰带左侧挂着一块长条形玉件，我敢肯定地说，形状和维克特以前戴的那块如出一辙。他这块尺寸更大一些，大约是我的手掌大小。他身上所有的饰物都有钻石主题……夹克上有钻石型的纽扣，钻石型的袖扣，胸口还别着一枚钻石型的金属，仿佛是一块来自早已不复存在的某个军队的光荣勋章。领口上方的那张脸孔，傲气而自律，而且与维克特有不容错认的血缘关系。体貌上看，他可能比维克特大不了几岁，可是他的气场更具威严，就像一位四星级上将，或是战争年代里某个国家的总理。

折纸的老头也跟在他身后走了进来。

那位长官打量了我一番，好像我是某棵已经被遗忘在切菜板上好几天，散发着厌人恶臭的蔬菜。"你一定就是那个女孩。"他的态度倨傲，不过英语说得比折纸老头好多了。他的口音很像爱玛，香港与牛津大学的混合产物。"他长什么样？——那个戴玉坠的人？"

"他比你有礼貌。"

一个医生，他是爸爸的
朋友，在我尖叫时恰巧来
串门。他试图恢复爸爸的心跳，
却失败了。救护车把他带走了。
爸爸把妈妈的旅馆房间号
写错了，但这也不影响结果，
反正他告诉我她在坎昆
度假，而事实上她却在马尼拉。
在爸爸的遗体火化之前，
我甚至没法与她说任何话。
当我们一起洒骨灰时，她仍然
在为我没打电话给她而恼火。
也恼火爸爸的不告而别。

52.

长官蹙起眉头。在他身后，折纸老头的白胡子里露出一个笑容。

长官用中文大声吼叫了几句话。折纸老头无奈地耸动着肩膀，又指了指我落在墙角依旧摊开的素描板，上面描摹着维克特的玉坠。长官端起我的画板，看得极为认真。"哈！你在哪儿见到了这个？"

"把它还给我。"

他毫不理会，继续翻阅，直到他发现了我画的维克特戴着玉坠的那张。图画上，我把他的年龄画成了五十五到六十岁的样子。长官死死紧盯画像，整个人如同被定格一般，久久才吐出了一口呼吸。"这样么，当然。早该料到，"他说道。他又看向我。"这就是你看到的戴玉坠的男人？"

"把我的素描板还给我。"

"是不是他？"

"对，是他。"我说。我本来可以向他解释我如何把维克特画老了，可是：A)我不认识这个人，也不了解为什么他会对维克特有兴趣；B)他是个混蛋。"这是我爸爸买给我的素描板，你把它还给我。"

"等一会儿。"他又往前翻了几页，找到另一张不同的维克特的画像，这次是他三十多岁的样子。长官的眉头紧紧皱在了一起，找得更加仔细了。他发现了一张画，正是维克特现在的模样。翻过画页，他看到了一个我腰际以上的裸体自画像，45岁，挂着眼袋，身体变宽，有中年发福的迹象。"这是你吗？"

我给了他一个耳光，抢回我的画板。

看店的女人吃惊得合不上嘴巴，烟枪也跌落下来。"哇！"

在白胡子的掩饰下，折纸老头作了个鬼脸。

"你的眼睛很好，"长官说道，沉吟状地揉了揉他的脸颊。"右手也很好。"

"见你的鬼去。"我把素描板往包里一塞，从柜台处后退了几步。

"别走，"长官说，"我的确有些粗鲁，请你原谅。我非常迫切地要找这个戴玉坠的男人。"他迟疑了片刻，"你可以叫我曹。"

"你可以叫我长路漫漫，"我说，"不过我得先教教你该怎样与人打交道。"

他的目光跟随着我。"你不明白。是我把玉坠给了那个男人。我已经找了他很长时间了。我必须找到他。"

"对，没错，造化弄人，就听天由命吧。"

脚跟一转，我以最快的速度，调头蹦出了迷踪贸易有限公司的古玩堆。一到门外，我就开始奔跑，一直跑到格兰特大街的车站才停下脚步。A7号车刚刚进站，我立刻飞身跃入车厢，一边摸索着我的车费，一边慌张地往背后查看。人行道上，长官正迈着大步向我的方向跑来。但凡他经过处，周围的人群似乎都被冻结。当他距离我还差仅二三十步的时候，公车终于隆隆开动，把他甩在了后面。我这才松了一口气。在冻结的人群中，他显得无比孤独，就像一个独自站在坟场上的男人，只有死人的墓碑陪伴着他。

2月3日，太晚了
（手指打字打到酸痛的时间）

　　　　嗯——

　　冒险不间断的疯狂凯西肥皂剧，欢迎终极神经病观摩：
　　今晚将上演小中国之大怪事。详情请看附件。

　　另外——对维克特日程表上那条新椅子的记录有了一个想法。新椅子≠家具<昏>。
　　我敢打赌，那是和新任主席（注：new chair,新椅子；new chairman,新任主席）的约会——比如，刚毅生物技术公司的新任主席，接任的那位。

　　以下是时间轴：
　　1月2日 宣布合并
　　1月24–27日 与卡拉见面3次。"新管理层进来后会发生什么？！？！"
　　三种可能：
　　　　* 卡拉=维克特的同谋？ 或，
　　　　* 卡拉发现维克特的做法没有好处， 或，
　　　　* 卡拉想勒索维克特？也许她知道他足够有钱？ →
　　　　　　"分杯羹给我，否则我就向老板举报你！"
　　1月28日 卡拉失踪
　　2月1日 维克特与新主席见面，有人闯入他家（除我之外）。巧合的时间……
　　……或，真的只是巧合吗？

54.

问：如果小偷事先就知道他不在家呢？ 那么密谋这次行窃的人：

　　* 事先知道维克特的行程， 或

　　*事先知道新任主席的行程。

　　……包括维克特与新任主席？？？？？

你怎么想？？？？？？

*

2月4日，一大早
(愤怒的邮件时间)

凯西——

你答应过我不会去管维克特的事。我不会读你的附件。我再也不想去了解任
何与此事有关的内容。收手吧。

把你的脑子放到现实世界来。

小玛

*

爱玛——

在吗？优先权？对于我们有些人来说，高中并非"现实世界"的全部。
我们不会都进入麻省理工。

拜托你，小玛——真正活一下。有时我们破坏规则，只是为了去了解那是什
么样的感觉。天地间，有些东西比生意计划&好成绩更重要。别当那种只会
读书的典型亚洲呆子，至少别整天如此。

需要你的帮助。请你读一下吧。

凯西

*

55

按下"发送"的一瞬间，我就意识到这是一个错误。我褪去睡衣，换好衣服去学校，心里怀着一种知道自己干了傻事后追悔莫及的难受。想点积极的吧，现在正是爱玛坐车上学的时刻，很可能她要到回家后才能收到我的留言。

我会在学校先找到她，事先向她道歉 & 告诉她别去看那封邮件。

*

电脑显示，邮件已被阅读。

*

凯西——

我是窝囊蛋。你是反叛者。我只知道学校。你却了解真实的生活。

最可笑的是，你居然真的相信这些。

好吧，凯西——这里是关于你的所谓"真实生活"。恐怕你没注意到吧，火爆脾气的"可爱高中辍学女生"在真实世界里也混得不怎么样啊。

你说得没错——我们不会都进麻省理工。举个例子，昨天就该交我们的生物学报告了，只是你根本没完成由你负责的部分，对吗？**我4.0的绩点到此为止了**。也许最后我也进不了麻省理工。哎，真要感谢你，我最好的朋友。没有你我该怎么办啊？

你是不是听了太多的美国广播，导致你希望如同"青少年流行生活标杆"那样生活？"必须努力奋斗，为了去参加派对~~~~~~~！"这就是你对独立的解释吗？

独立不是一种**态度**。独立是一种**事实**。

独立是能够自己买车。独立是由于你不必因为交不起自己的房租而必须与一个殴打你的男友同居。

我是不是遗漏了什么，凯西？因为经过8个月来不断唠叨催你去上课，+帮你学会化妆，+帮你写柏克莱大学的申请论文之后，我觉得凯西的人生计划就是"找个愿意资助可爱艺术家的男朋友"。这真是你爸爸希望你过上的人生吗？

我猜你就是那样想的吧。好了，嗨——没准我错怪你了。你就是继续跟踪那个毒贩子，等待他让你回到他身边——也许那会是一个漫长的游戏！还好，在你所谓的"真实生活"中，你拥有丰富的经验——比写愚蠢的生物学论文那样的经验可丰富多了。

只是，可惜我帮不了你。

对不起，对不起，对不起，对不起，

爱玛（只会读书的典型亚洲呆子）   对不起，对不起，对不起，对不起

*

　　我电话她，可是她不接。然后我把手机重重地往地上一掷，把它砸了个稀巴烂。这也没能让我更好受些。

　　只能肯定一件事：我实在糟透了，根本没法去上学。

2月4日，下午
（讨厌的前好友时间）

　　乘车去百货公司，消磨时间。在博德斯（注：Borders，美国最大的连锁书籍影音制品商店品牌之一）里翻阅杂志，看衣服。带了素描板，却没有画画的感觉。接二连三的在星巴克柜台里取走免费的烘烤试吃小食，直到服务员开始给我鄙夷的脸色看。午饭是赛福维（注：Safeway是美国的大型连锁超市品牌）的免费食物小样：豆油长串早餐香肠（很难吃）配墨西哥酱！沾酱和莎莎酱（还行）。

　　独立是要能够自己买车。这对一个"仅仅"向爸爸讨了一百万美元本钱，以证明她有养活自己能力的女孩来说，口气还真是不小呢！

　　反正，我在正常的"放学回家"的时间到了家。妈妈已经起床了。我等着她来查问我的功课，可她也没问。我一点也没有料想中那种如释重负的感觉。她不问并非出于对我的信任，更像是她已经放弃了。嗨，加入组织吧。我们每天都有新成员。

　　她说爱玛刚刚打电话到家里。管它呢。

2月4日，下午
（连续闯了17关俄罗斯方块电脑游戏的时候）

　　……扫了很多方块。爱玛显然对保持她4.0的绩点兴趣更大，她才没空来插手维克特给我注药的事呢。你有你的大事。不过无论如何：既然事情扑朔迷离至此，我就要靠自己的力量来探究到底。

　　好了。假设，不管是谁洗劫了维的家，他必定知道维克特会出门——因此，他

一定看过维克特或是新任主席的日程表。"维监守自盗"有点说不过去。因此……这场入室偷盗的幕后黑手必定是新任主席（或办公室的其他人），有道理吧？

可这是为什么呢？

他们知道什么我不知道的东西？

啊！我想到了！如果…… ← 打破脑袋我也记不得，到底我想到了什么？

2月4日，晚上

（写信时间）

"凯西！"

"什么事，妈妈？"

"有人找你，他说是关于维克特的事。"

我的手指僵直在电脑键盘上，心跳剧烈加速。"是谁啊？"

"凯西！"妈妈把脑袋探入我的卧室，"你出来一下，好么？"

"是警察吗？"

"警察？"我妈目光尖锐地看着我，"为什么会是警察呢？"

我保存了我的文档。脑海里闪过一个疯狂的念头，恨不得从窗口偷偷爬出去；可妈妈就守在门口，等着我。"来了。"我说。

*

那个大官模样的人就坐在我家厨房的桌旁。他看上去再也不像20年代的中国外交官；今天，他打扮得像个香港商人，穿着挺括的意大利西服和皮鞋。钻石主题依然继续——同样的钻石形袖扣，丝质领带上还有钻石图案，就像某家电脑公司的副总裁。

"她来了，"我妈说，"你想来杯咖啡吗……先生？"

"我姓曹。"他礼貌地朝我点头示意——如同绷紧的弓箭。"谢谢你，维克特丝太太，不用麻烦。"

"没事。我一会儿要去上夜班，总得烧一壶。"她已经换上了护士制服，穿着束身的丝袜和白色厚底鞋。她给自己倒了杯咖啡后，在冰箱边忙乎开来，时不时从正巧挡住曹先生视线的冰箱门上抬眼望我，满腹狐疑状地挑起眉梢。我朝她微微摇头。她又点点头。"我很快就要去医院了，"她转头向曹先生微笑着说，"恐怕你最好快一点，我相信你能了解。"

58

祝福你，妈妈。

"当然。"曹彬彬有礼地回答。

"你怎么找来这里的？"我问他。

"维克特向我提起过你。我知道你的姓氏，住在哪个街道。我在电话黄页上找到了你的住址。"

妈妈呷了口咖啡。"看来你经常调查别人。"

"为了找我的侄子，我以前学过一点。"

侄子？我再次将曹上上下下打量了一番。难道他就是维克特嘴里那个神秘兮兮的叔叔，旧金山别墅和私人飞机的真正拥有者？说不定曹是一个通缉犯，所以房子才挂在维克特名下……？

可如果这所谓的"家庭感情"，实际上是维克特拿了不属于他的钱，或是某次运输毒品时出了差错，又或是拒绝再研制其他新型毒品呢？

我的脑子开始晕眩。

"我猜想，维克特或许有时需要自己静一静。"我妈说。

"非常正确。他感到很孤独。但这正是为什么他需要他的家人在他身边。"曹的神情凝重，"实不相瞒，我的侄子患有极为严重的不治之症。"

我的胃部痉挛了。"维克特！维克特从来没生过任何病！"

"维克特的病，每天都在加严重，"曹说道，"当他还十分年轻时，他就发现了这点。尽管他会感觉自己相当健壮，可他永远活不到正常人的寿命。"

我无法相信。

曹叹了口气。"这样的事会改变一个人的性格。他只想忘记他所知道的一切——他也希望像常人一样拥有简单的梦想，找个老婆，结婚，工作，把小孩抚养长大。可他明白这些对他来说，都是谎言。如果知道某天你的身体会背叛自己，强迫你不得不抛弃家庭，你还怎么去结婚？知道你的孩子们命中注定要失去父亲？"他说得异常平静，一种强烈而可怕的寂寞笼罩着他。坟场里的孤家寡人：我想我会这样来画他。消失军队中的最后一个士兵。

妈妈叹气道："ALS？"

曹迟疑了一下。"我不知道英文的名字。"

"肌萎缩侧索硬化症。我们叫它洛盖赫里格病。（注：ALS是一种逐步恶化并致命的紊乱，主要伤害神经和肌肉。自从美国纽约著名棒球手洛盖赫里格于1941年死于此疾病后，此紊乱便以其名字命名。）妈妈伤感地说，"可怜的维克特。"

插一句，如果他是罪犯，是不是就意味着我不该帮他去找维克特了呢？

不可能，我想说。我不相信你。可是突然间很多疑问有了解答。他总会说那些别人不说的话，做普通人不会去做的事情，就像他从不在意窘迫，或者危险。这也解释了吉赛尔和贝卡的消失。是不是吉赛尔无法忍受与一个被诅咒的男人一起生活？可能结婚后她才知道了他的病情，死亡的阴影就此笼罩他们的生活，腐蚀一切，直到他们最后决定分开。经过这一年与妈妈的相处，我能深切了解与一个无法逃脱悲哀控制的人共同生活，是怎样的艰难。

……或者，是维克特主动离开吉赛尔的，他最终说服了她，只有他的离开对她来说才更好。小贝卡最好一开始就不要认识她的父亲，这总比她在八岁或十二岁时再失去他来得容易。

我想起了我们初遇那日，我给他看他五十五岁的画像时，维克特看着我的样子。我以为他的吃惊是因为我让他看到了他未来的模样，不过这并非全部，不是吗？我让他看到的，是一个他永远都不可能看到的未来。

如果维克特患有ALS，或其他同类变性类疾病，那就能够解释为什么他首先考虑进入细胞生物学领域。他不是为了事业而进行研究——他的目的是挽救自己的生命。

曹从他西服上衣胸口的口袋中，取出一叠折好的纸。"维克特不想让自己成为家人的负担，但是我们经常保持通信。他对你描述得非常动人。"他递给我维克特的信，"我不清楚现在你对我的侄子是什么想法。他有突然失踪的习惯。如果你感到生气，那也是他应得的。不过也许现在你会更了解他。如果你想起来他可能去了哪里，我希望你能及早通知我，我将非常感谢你的帮助。"曹若有所思地揉擦着昨天被我扇过耳光的脸颊。"你的女儿很活泼，维克丝太太，"他说道，注视着我，藏不住眼神中的笑意。"好奇地问一下，她是什么时候出生的？"

"你是说她多大了？"妈妈疑惑不解看着他，"马上就要——"

"啊！我的天哪，妈——看都几点啦？"我冲口而出，"你要迟到啦！"

妈妈叹了口气，放下咖啡杯。"嗯。真抱歉，曹先生，不过我必须走了。我不太放心留你和凯西单独在家里，我希望你能够谅解。"

"当然。"他站起身，礼数周全。"请读一下那些信，维克丝小姐。我放了张卡片在里面。如果你得到任何维克特的消息，我希望你能通知我。"

*

在他们一起出门之后，我读了维克特的信，十遍。

啊，我的天啊。

2月5号，早晨
(绝望的侦探的时间)

昨晚起开始给爱玛打电话，想把维的信读给她听，然后突然记起：

A）她根本不在意 & 觉得我是个被宠坏的蠢女孩，&

B）我把手机砸了。

当然我还可以用家里的座机，不过这并非重点。如果她当真认为我是个被宠坏的小姑娘，整天发牢骚还假模假样想当画家，最大的野心无非就是找个鬼见愁的男友；那让我现在就认清她也不错。

啊，神啊。我搞糟了她的生物学论文。可恶，可恶，可恶。

这整个愚蠢的争斗，让我觉得怒火中烧，却又伤心羞愧。我难受极了。

我要尽全力保持住我愤怒的火苗。

*

无论如何……

不确定曹在搞什么名堂。我敢肯定他至少说了一部分真相，因为它合情合理：

* 维克特有一些不对劲的地方，尤其是医学方面的……

* ……这是他从事研究工作的原因。

* 这个"毛病"——无论它是什么——阻碍了他与其他人建立长期的联系。

这正解释了为什么我总是觉得他对我的喜欢，是违背了他自己的意愿似的。（有点自我恭维。）

……然后，我们才开始打得火热时，他又把我扔在一旁。这的确伤人：不过比起吉赛尔与贝卡来，我可没有抱怨的资格。我错过了一个不过才结识了几个月的男人，甚至都不曾正式接吻过。吉赛尔失去的是一个丈夫，贝卡则是被她的亲生父亲所抛弃。

那是不对的。

他离开她们是错误的。我知道他也被伤害了，我知道他有自己的麻烦。我能够原谅他与我的暧昧游戏。可是离开那个幼小的女孩……这是无法原谅的。如果我找到他，我会告诉他，回到她的生活中去吧。他必须向她做出补偿。

至于寻找维克特，我能想到至少三条明显的线索可以跟踪：

61.

1）再回到他的房子去搜查一次。我对这个计划不是特别有热情。

2）检查飞机仓库：如果你计划做一次迅速撤退，那里不正是一个让你可以有用的东西储藏的好地方？哪怕飞机已经开走了，那也正说明了一些情况，不是吗？

3）去刚毅生物科技公司（我猜想它如今是蓬莱制药公司拥有所有权的子公司了），看看或许他的办公桌下隐藏了什么秘密。

*

啊呀，先别忙

先假设维克特偷用实验室的研究时间和资源，研究着一项与他的疾病有关的项目时，被卡拉发现了。

那还是无法解释为什么她会被杀死。从报道来看，这不是一次类似她先吓唬他，他又警告她最后还一不小心杀了她的那种意外事故。她的腹部中了数枪，只有冷血杀手才会干出这样的事来，没人会因为加班多做了几个小时实验就冒这么大的风险杀人。

除非……

除非维克特发明了解药？？？？？一种能治愈ALS的药剂？他想要保守这个秘密，如果他觉得事关他的身家性命，以及成千上万与他有同样病症的人，那就有动机杀人了，不是吗？

提问：用6万4千美金以及一套家庭游戏套装来打赌吧，维克特到底在我胳膊里打了什么东西？

回答：你知道最可怕的是什么吗？就是他以为自己有了解药，所以先感染我，再用我来试验解药是否生效。

？？？？

*

刚刚上网去调查了洛盖赫里格病。

噢，上帝啊。

*

如同五雷轰顶，顿时六神无主。

我要乖乖去学校，过上一天正常的生活，什么都不去想。不想不想不想。

噢，老天啊。

2月5日，下午

(白领女时间)

嗨，我的确去过学校了。

只是没呆在那里而已。

体育课逃走之前，我在教室里已经上了完整的两节课。那是一节曲棍球课，我一直伺机，等到格力普老师去了操场的另一头，才假装自己的球滚出了边界。我穿着运动短裤翻过栏杆，一路小跑跑回了家。这也是锻炼啊，不是吗？

我事先编好了一个把作业落在家里的故事，以防万一到家时把妈妈吵醒。不过她睡得简直不省人事，这要归功于她的例行组合：抑郁，筋疲力尽，再加哥顿金酒。

电话留言机一闪一亮，是爱玛的留言。我把它删除了。

好，第一步，飞机库；然后再是刚毅生物科技公司。

考虑到我的艺术时髦造型与那个地方格格不入，艺术女孩跳进了衣橱……

……出来时已经大变身啦！换上我的秘密身份：端庄的白领女！

* 黑色及膝裙——我在爸爸葬礼上穿过的那条。

* 连裤丝袜。好不容易找出一双，上面已经钩破了好几个洞，不过我想起了土办法，用指甲油粘住漏洞，结果很管用。我只有一瓶指甲油＝茄子紫，颜色很不合适。我粘补了裙摆上面所有的钩丝，所以坐下时最好要女人味十足地叠起腿来。我可不想被人看到裙子下面的漏洞，他们一定会奇怪为什么我的大腿上到处都是紫色的指印。

* 白色弹力衬衫——背后有人身牛头怪物印花的那件。

* 海军式夹克——当年参加新生合唱团时发的衣服。前面的纽扣已经扣不起来了（啊哼），不过它的主要作用是遮掩奇怪的怪物图案（见上条，衬衫）。袖子也嫌短了，管它呢，谁会注意袖子啊？

* 鞋子——永远成问题。有几种选择：
    o 白色球鞋（太不正式。而且前面跑回家时还粘上了不少泥巴。）
    o 绑带凉鞋（太风尘气）
    o 皮靴（有点像）
    o 晚装高跟鞋（还是不习惯穿高跟走路。鉴于这次行动的目的是混入敌后，如果走路不当心一屁股摔倒在地上露出紫色指印（见上条，连裤丝袜），那可就麻烦了。

防水睫毛膏
"极黑"

"封面女孩牌"
唇彩

白衬衣

海军
夹克

黑裙子

受人尊敬的白领女

64.

— 球鞋
(功能大于形式!!)

最终胜出：球鞋。

最妙的是：妈妈还没出门，我就能开她的车啦！！！！！
祝我好运。

2月5号，晚上
(遇见接待员琼)
一些破门而入的事儿比较容易。

1. 维克特的家：简直太顺利了，我都没意识到我在干嘛就进去了。

2. 他停飞机的仓库：小菜一碟。他甚至连门上的挂锁都懒得去锁；让它像个
   装饰品一样挂在那里。没找到啥有意思的东西，除了一个灰色金属小工具
   盒。盒里装的全是与飞机有关的物品——维修记录，驾照登记文件，还有
   无数地图。没有一样看上去类似我想象中的烟雾枪。只有一件奇怪的东
   西，是一个标注着"拉斐尔飞行小分队"的文件夹，存放了大量旧文件。
   我没打算在仓库里逗留很久，免得机场工作人员来问话，维克特为什么没
   和你一起来啊,诸如此类。所以我把文件夹塞进了背包，故作散步状回到
   妈妈的车里。回头晚上我会把这些资料好好看一下。

也许鉴于我看上去神色镇定，两手也不瑟瑟发抖，警察并没把我关进拘留所
盘查。所以……下一步就该是……

3. 刚毅生物科技公司，"你的未来在今天实现！"

刚毅公司的总部位于山河边一座典型的硅谷工业园区内。低型的建筑，连绵
延伸的草坪，车辆大多是国外的型号。

我的鬼主意是偷偷溜进维克特的办公室，看看是否能找到一些线索显示他的
动向，或是他研究的项目内容。我有点紧张。好在前两次侦察行动都进行得非常
顺利，我安慰自己，说不定我真有危险犯罪调查的天赋。如若不然，那就是我的
灾难尚未来临。

拉下操纵杆，我把妈妈的陆地游艇（之前归她所有啦）——内部装饰红色天

鹅绒的白色91年福特水星牌侯爵车，缓缓驶入停车区域，最后停在了一辆沃尔沃旅行车和一辆后窗上贴着加菲猫玩偶的宝马之间。车门打开时叮一声碰上了隔壁的车，我赶紧伸手用力擦拭刮痕，直到它几乎看不出来为止。

正当我环顾四周，侦察是否有人注意到我在为宝马做油漆工时，一辆全速行驶的雪佛兰以火箭的速度冲入停车场，转弯时它在减速路障处重重地咯噔了一下，驶入距离它最近的一个车位。车里闪出一个火爆的红头发，她穿着难看的米白色外套，夹着文件夹，心急火燎地往刚毅大楼赶去。嗨，我心想——还有人比我更赶时间呢！

我跟着红头发走入大堂，那里是中规中矩的现代企业装修风格（做旧松木与钢筋相间）。我猜她一定在等内门自动打开，因为当发现大门纹丝不动时，她就像松鼠撞上厨房玻璃窗那样使劲拍打它。敲打了好一阵后，她捏捏自己的鼻子，一叠纸从她的马尼拉文件夹中滑漏出来，散落一地。

等候区域的一边是一条长形柜台，类似酒店的前台。柜台里坐着一个职业打扮的接待员，她武装着精致的耳机通话设备，一脸礼貌大气的微笑，桌上还放着来访者的身份牌。她的姓名牌上写着：琼。想要进入刚毅大楼的其他部分，就必须要经过她的位置，更远处的玻璃内门需要刷准入卡才能进入。琼从柜台后站起身，朝着沮丧地跪倒在地上的女人做了个担心的表情。"小姐？"

"噢，上帝啊，我真是个傻瓜！"爆炸头依然捏着她的鼻子，就像她刚刚经历了一场倒霉的事故，撞掉了自己的鼻子后又把它粘了回去，所以要保持一段时间胶水才会干。"我已经迟到了，而且我在想——不好意思，是不是我要先登记什么的？我是来这里见乔·史密兹的，约定十二点半。可今天一早保姆电话我说她不能照看卡思了，因为她患了病毒性感冒，得病的是保姆，不是卡思，卡思有时会得耳腔感染，但从没得过病毒性感冒。"红发女人趴在地板上收拾着散落的文件，"——于是我只能求我的邻居帮忙白天照看她，我根本不能离开房子，然后车子又不能——"

"不用担心，"琼迅速地说，"史密兹先生也比计划晚到了一会儿。他十二点约见的客人还没出来呢。如果他问起我，我会告诉他你是准时来的。"她查阅了桌上的写字夹板。"玛丽·甘特丽的面试？来签到吧，我马上通知乔。"

玛丽·甘特丽依然四肢着地趴在刚毅大楼的大堂里，就像一头红发母牛。她抬起头，满脸感激。"太谢谢你了。"她由衷地说。

琼和我都把脸转向别处，以免她过于激动流下眼泪。

接待员在她的控制台上按下一个号码。"史密兹先生吗？你12点30分约见的客人还在大堂等候，想问问大概还需要多少——嗯哼？"她朝玛丽·甘特丽笑笑，手指放在嘴唇上做了个保密的手势。"嗯，好的，我知道了。我会转告她的。"

我做出决定，我喜欢琼。

她从柜台里递出一块写字夹板。"等你登记完了，你需要再填写一张访客停车表格给我，"她说着，指着托盘里的红色纸条。我也取出一张填写起来，争取时间以思考下一步行动。

玛丽·甘特丽和我并肩站在一起。我偷看了一眼写字夹板，上面列着两个1点的约会，金艾利斯和彼特·德费。我的心往下一沉。名单中下一个女人是贝奈斯·罗，约在1点半。

玛丽签完名字，嘴上叨念着"准时到"。琼抬头看了眼大堂的时钟，12点42分，又给了玛丽一个"我会为你保密"的微笑。她在时间栏上写下了大大的12点30分。

"史密兹先生很快就会下来接你。"琼说道。

噢，这下可好。她甚至不会发证件牌让我们直接进去。很明显，来访者要有人陪同才能进入大楼内部。

我该放弃了，见好就收吧。换作爱玛就一定会这样做。

琼取回她的写字夹板，转向我。"有什么可以帮你吗？"

"我是来见史密兹先生的。"我在干什么呀！"我——我想我来得太早了。"

琼疑惑不解地在她的写字板上查找着。"贝奈斯·罗？"

"这是瑞士的姓氏，"我说，"不是中国人的'罗'。罗赛娜里的罗。"我相当有把握法国或瑞典有罗塞娜这么个词儿。一个小镇，或是一种乌鸦，或其他什么。

"我第一次听说罗是个瑞士的姓氏！"琼的语气很明快。

"很多人都不知道的。"

琼的视线落在了我绷得过紧的海军夹克和太短的袖子上。她的笑容更加明朗，充满同情。"恐怕史密兹先生要耽搁一会儿了，"她说，"你只能在大堂里等着。"

我在粉红色的访客停车表格的驾照名字栏上，写下了"贝奈斯·罗"。

大楼内侧，电梯门打开，走出一个愁眉苦脸的家伙，梳着大背包头。"你们

勾出适合的选项：
1. 你是个白痴吗？

有咖啡茶座？"我问道，脑子高速运转。"或者贩卖机？我没来得及吃午饭。"我对琼使上了艺术女孩的精神控制力，期望她能征求乔的意见，让我和玛丽一起进去。

"不好意思，"琼回答，就像她真的感到对我怀有歉意那般诚恳，"恐怕我们不允许这样做。"

可恶。

乔·史密兹叫上了可怜的玛丽·甘特丽，陪她一起刷门卡，走入刚毅公司内部，把我一个人留在大堂里。

我来回踱步。

琼看着我。"我有一些口香糖，如果能帮到你的话，"说着，她在手袋里翻淘着，取出一罐浮利丹口香糖。"无糖的哦。"

冰凉的薄荷口味。还不错。

我找了张舒服的椅子坐下，假装在读一份《华尔街日报》。我寻思着，在贝奈斯·罗到达以前，我至少还有半个小时。可另一方面，我实在已经黔驴技穷了。我非常非常需要那些玻璃门里面的信息。希望我能从那里得到一两条关于维克特或是悲惨的卡拉·贝克曼的线索。（我为以前所有关于你不好的想法向你道歉，卡拉！）

最糟糕的情况就是，我被感染了某些可怕的疾病，得到治愈的唯一途径就是找到维克特，或是在他的实验室里发现一支解药。我一边叹气一边在心里立誓，无意中呼吸沉重起来。

"你还好吧？贝奈斯？"

我抬起头，发现琼正注视着我，脸上的同情愈发明显。我的蜘蛛侠超感应又拉响了警报，警告我的裙子因为坐在椅子里被往上移动了几寸，让她发现了我粗陋尼龙丝袜上的紫色指印。

"这里有洗手间吗？"我有气无力地说。

"就在你的左边，亲爱的。"

我走入洗手间，把门锁上。我脱下了海军夹克和白衬衫，以防弄湿它们，又从水槽上面的悬置台上抽出四大团卫生纸，把它们全部塞进了马桶底部，直到很满意得认为通水口已经完全被堵住为止。然后我开始冲水，一连冲了好几次。

当整个厕所的地板形成完美的水漫金山之后，我拍干自己的手，把衬衫和海军夹克一件件穿了回去。

我把头探出门外。"嗨——马桶坏了。"

琼皱起眉头。"我来看一看。"她从柜台走出来，打开厕所的门，脚上的"自然派"（注：美国女鞋品牌，因为其舒适美观的特点，最受到办公室女性青睐。）踩入浅浅的水中，吱吱作响。"啊，原来是这样。"

"哎，我不是故意给你添麻烦的，"我说，"可是我真的感觉不太舒服，嗯，胸口这里。"

*

两分钟后，我独自留在了咖啡座里。琼对着她的耳机与维修人员联络着。我向她保证会呆在咖啡座里，等候乔·史密兹。

这是一个谎言。

一名真正的无畏女侦探也许会为了自己混过保安人员而洋洋得意，可是事实上我现在的感觉介于"犹豫不决"与"痛苦不堪"之间。用伪造的身份，身处一幢戒卫森严的大楼，我想如果被抓到的话，刚毅公司会用"非法侵入"来起诉我。此外，现在已经快一点了——过不了多久，真正的贝奈斯·罗就会出现，戏剧化的场面即将上演。

我完全不知道维克特的实验室在哪里。也不清楚，实验室之外他是否还有一间工作室。或者，他会把自己的东西放在什么地方。

我扫视了一圈咖啡座，寻找某个中层经理。我希望碰到一个男人，男人不会注意到我衣着上的破绽：那种在公车上如果你的笑容正确就会让座给你的男人。我从第三张桌子后选中一人，他是一位四十来岁矮矮胖胖的绅士，尖尖的下巴被一层微微发灰的胡子（不错的选择——他的太太把他照顾得很好）遮掩，穿着整洁的衬衫，打着领带。他独自坐在那里，正在吃一片核桃派。

"嗨，"我招呼他，"嗯，我能问你一个问题吗？"

"核桃派"停顿下来，叉了还逗留在空中。"好啊？"

"我约了人在这里见面，维克特·陈？他要和我说实习的事……？"装作紧张对此刻的我来说实在易如反掌。"我想我们可能有些误会。他告诉我了他的办公室号码，可我却以为约在这里见面，糟糕的是，我还把他的号码给忘了。这里有没有类似办公室通讯录之类的东西？"

"核桃派"皱眉做沉思状。他越过隔壁的桌子，碰了碰一个喝着豆奶拿铁的年轻女人的手腕。"维克特·陈，"他说，"他是在字母区域工作的，对吧？"

"实验室C室？""豆奶拿铁"说，"或者D室。我在B室。"她说着，展开一个友善的微笑。"她在找维克特吗？"

"想去实习吧。""核桃派"说。

"豆奶拿铁"挑高了眉头。"现在？在那么多变改组的时候？"

"也许我的消息不够快，"我边说边向后退开，"我在学校里就认识维克特了。"

"又是一个！""核桃派"惊讶地说。"所有小孩都上索邦大学！优秀又传统的加州大学有什么不好？"

索邦大学？？？就是，巴黎的那家？？？

"去字母区找吧，""核桃派"说，"两楼的实验室，下楼梯后右转。我想大概是C室。"

"或是D室。""豆奶拿铁"说。

"明白了。"我顺利撤退。

*

我发疯似的寻找维克特见鬼的实验室。时间如子弹般分分钟发射而过：1点10分，1点11分，1点12分……最后我终于发现，他连一间办公室都没有——实验室里只有一张工作台和关连的桌子。要是没有注意到一块软木留言板上，钉着我的一幅画，我差一点就错过了实验室A室里维克特的座位（诅咒你，"豆奶拿铁"）。那是他问我要去的一幅自画像——我在我现在的年纪。在这场兵荒马乱的寻找中，它给我带来了一脉短暂而扣人心弦的温情。

实验室空无一人，老天保佑。我并不感到意外——现在差不多还是午饭的时间，而且维克特已经失踪了。卡拉·贝克曼的位置应该就在更里面的一张工作台，她肯定也不会来工作，因为她早已死翘翘了。

我瞪着留言板，努力思索我该找些什么。1点17分，1点18分。任何一分钟内贝奈斯·罗都可能在大堂出现，如果她不是已经在那儿的话。我能够想像得到，公司保安人员早已向史密兹的办公室赶去。

维克特的实验记录本——普通的黑色硬壳，与我的素描本没啥区别——躺在留言板下的柜子上。我翻开它，一片空白，意料之中。维克特肯定会把他的秘密实验记录写在其他地方。不过就算这里有另外一本秘密的实验记录本，我也根本找不到它……

实验台很整洁，边上书桌的抽屉被锁住了。

1点20分。

助人为乐的琼此刻可能正对着眼前真正的贝奈斯·罗皱起了眉头。

我快步走到卡拉的工作台，试着拉她的书桌抽屉，也上锁了。

外面走道上传来了脚步声。我立马蹲下，躲在卡拉的书桌下，屏住呼吸，尽可能不发出任何声响。视线所及之处，书桌与分隔柜之间散落着几页纸片。

脚步声在A室门口停下时，我简直全身僵硬……然后，它又慢慢穿过了走廊。

呦。

我拨出了书桌间的纸页。是关于某个科学测量实现的复印件，上面还有维克特的手写笔记。

卡拉发现了秘密的实验记录本！我能感到自己的心跳加速，我敢肯定。她找到了维克特的数据并影印了拷贝。双手颤抖着，我把文件塞入了手袋，跑出了实验室的大门。

1点26分。

啊呀！画像！

我重重拍了下脑门，又冲回去，从留言板上撕下了我的肖像画。可不能让警察把它展示给琼或者"核桃派"看到。

1点28分。

我不能冒险从前门跑进去，必须跟着安全通道的指示，找个后门溜出去，再去拿我的车——

我的车！我的眼前出现了噩梦场景：贝奈斯·罗站在前台，琼正翻阅着来访者停车表格。我要露馅了，因为就像一个蠢到家的白痴，我居然写下了真实的驾驶执照号码。

根据指引，我走出一道安全出口大门，如弹簧般三格一跳迅速跑下楼梯，震得水泥墙回声隆隆。我从底楼的一扇边门冲了出去，直奔停车场，弯腰曲背地躲在一排汽车后前进，以挡住前门的视线。终于，我找到了水星车，从人行道上窜了进去。我从口袋里颤颤巍巍取出车钥匙，试到第三次才发动了引擎。后窗镜里，一群蓝色制服的保安从刚毅公司的大堂里涌出，他们向我追来。我发动了尖锐鸣叫的引擎，从车位倒车而出，朝着出口的方向，踩动油门。

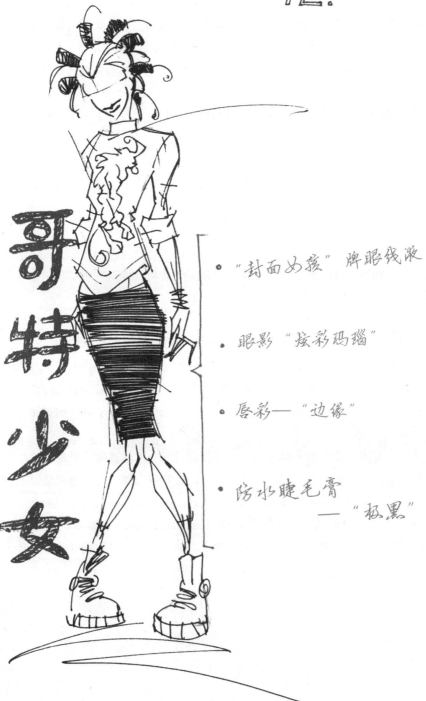

72.

哥特少女

- "封面女孩" 牌眼线液

- 眼影 "炫彩玛瑙"

- 唇彩——"边缘"

- 防水睫毛膏
  ——"极黑"

第三部分
2月5日，依然是晚上

（哥特女时间）

真庆幸啊，此刻我的驾驶老师没有在车内监督我开车回家。第一，我肯定会不及格；第二，他会被我吓到尿裤子，而我就得帮他擦洗操纵杆上的污秽。我在想刚毅公司会不会报警。说不定他们正在与机动车辆管理局联系，查询我妈的驾照牌号，因为犯蠢的我把它写在了允许停车的表格内。等会儿当我到家时，说不定工作人员早已在车道里等候我的光临。

某辆沃尔沃旅行车里的混蛋正对着我猛按喇叭，因为我同时行驶在了两根车道上。我朝他狂吼，试图从眼睛里发射闪电把他杀退。说不定，维克特给我注射的机密血清已经把我变成了一个异种超级英雄"地狱凯西"呢——她穿着纽扣雪亮的黑色李维斯牛仔裤与一件超弹力的燕尾服，在夜幕中出没于BART汽车站，猎捕罪犯！

闪电发射失败。可恶。

我把车停在了离家三个街区不到的地方，先要弄清楚有没有警察上门。我坐在路边喘了会儿大气，然后换上另外一套本人著名的无敌伪装。黑色正装裙有点小麻烦，鉴于我事先没在车内的杂物箱里准备一条裤子，就不能换掉它，只能想办法在小黑裙上玩点花招。手指粘着眼影粉，给自己画了个哥特眼妆，又用绘画墨水临时充当了指甲油。我脱下合唱团的海军外套，把身上的T恤翻过来穿，露出胸前怪异的怪兽图案。然后我在水星车的车厢里到处翻找，终于挖出了几根头绳，于是我又扎了几簇小小的马尾辫，就像海洋珊瑚的触角在头顶上矗立不倒。我对着镜子审视了最后的成果，迫切希望镜中的身影与两小时前在刚毅公司出现的"贝奈斯·罗"判若两人。我还想过用唇膏在脸部点上两颗假丘疹，不过看上去实在不太可信，更何况，我也不希望邻居认为我的皮肤很糟糕。

我迅速瞟了一眼反光镜，确定人行道上没人，然后躲在座位下，把连身丝袜扯下来，揉成一团放进海军外套里。迈出车门，我把这包东西一股脑儿塞进了车边的暴雨排水沟里。对浣熊、鳄鱼之类的地下生物来说，这可是不错的造窝材质哦。

一切搞定。现在可以往家门口散步，去瞧瞧谁在那里监视。

*

获胜者是：爱玛。

咯噔，我的心往下一沉。这怎么可能呢？见到爱玛在我家旁边的马路上走来走去，居然比看到警察更令我紧张。可是我的心完全不受自己的控制。咯噔。咯噔。

我的心是笨蛋。

爱玛总是在那里守护着我。从初中时期与笑里藏刀的校花争斗，到后来我与每一轮可恶的男友闹分手——贪得无厌的那位有不洗澡的恶习，腼腆害臊的那个不会与女孩亲嘴，恶毒下流的那个被我烧了他的车——她曾经不分昼夜地帮我复习代数与化学，我则以素描画、漫画、八卦和匹萨作为回报，她始终在我的身边，我们形影不离。

我至今依然记得她参加我爸爸葬礼时穿的裙子——黑色，裙摆到小腿肚的雪纺裙，非常正式，简直就像成年女性。就连去初中毕业舞会和高中第一场入学舞会时，爱玛也没买过任何衣服，可这次她却专程独自去买了这条裙子。

眼睛有点发酸，我想我快要哭出来了。

穿过马路向自己家走去的感觉，就像是有人逼我把手放上火炉。我想像着，画着哥特眼妆，反穿衬衫的我，脸上该做出怎样的表情。我的双颊开始燃烧，感谢上帝我没有点上额外的假丘疹。

爱玛瞅见了我。"凯西！谢天谢地，你看上去就像每集《吸血鬼巴菲》开始时的受害者。"

我只想对她说，老天啊，<u>生物学论文的事儿我真是对不住你，我从没想过要拖你的后腿</u>。可是话到嘴边就变成了："你在这里等了很久吗？"

"没错。"她说，"看，我带了个手机给你，我猜你的大概出毛病了，而且你又不查你家的电话留言。"她递给我一只手机，女式电动剃须刀大小，按钮与屏幕呈现出非常高科技的圆弧型与斜线的组合，就像是一条大脑被植入了芯片的高智能人工海豚，遨游在一片丹麦设计风格的杂志海洋里。"别担心，它在香港卖得很便宜，没什么大不了的。我改装过了，现在它有内置的广播。"她说道。我们安静下来。"还有闪光灯。"她补充道。

"我想我不能够拿——"

"看这里，"爱玛连声说道，"如果真有大事件发生，我能够给你打电话，像这样。"她掏出另一只约莫大拇指尺寸的手机，开启时手机盖如弹簧刀般弹出。"给凯西电话，"她对着自己的手机说道，三秒钟后，我掌中的海豚手机响起了神韵乐队的《苦乐交响曲》的前奏音乐，音质类似广播调频，我想这就是一只酷手机所该发出的铃声吧。

"你不是应该在上课吗？"我说。

"接你的电话。"

"爱玛，我就站在——"

"快点，接电话。我要确认它一切正常，以防紧急情况发生。"

我翻了个白眼，按下了接听键。"你好？"

"好啊，猜猜谁最后终于决定要接她见鬼的电话了！" 爱玛一声大吼，我的耳膜都快被震破了。我把海豚手机从耳边撤走，用一条胳臂的距离持着它。

爱玛气得发抖。"我明白你和那毒贩小子的麻烦事儿，还有其他的一切。可你知道吗，现在我的整个人生都倒了翻天覆地的大霉，我显然是个失败者。而你呢，虽然你只是一个自我中心，碰到关键时刻就剥削我智力的无脑大花瓶，可你却是我唯一的好朋友。"爱玛停顿片刻，调整呼吸，她并不看向我，始终望着她的手机。"所以，你必须马上停止向我抱怨你自己的问题。你要为我出力，**对我好！** 否则我就要**一拳打在你脸上**。"

"这还蛮公平的，"我说。实际上我想的是，她原谅我了！

爱玛朝她的手机怒目而视，仿佛它是一只她恨不能一拳搋扁的银色小虫。"我爸爸在家里。"她说。"在我的公寓里，昨晚他睡在我的沙发上。"

"我没听你说过他要来看你。"

"他不是来看我，他是搬来和我一起住。"

"什么？"

她在门廊的台阶上颓然坐下，目不转睛地瞪着远处的街道，眼神黯淡。"全没有了。生意，持股公司，店铺，网站，香港的公寓，澳门的房产。所有的一切。他睡在我的沙发上，不是因为来看望我；他睡在我的沙发上是因为他已经没有地方可以去了。他已经完了。我们完了。"

"那你的公司呢？还有你的一百万本钱？那麻省理工学院怎么办？"

她对着电话吼叫着，大声说道："**没有本钱了。**去麻省理工读书的钱都没有了，除非我能取得奖学金。"

我感到脸上血往上涌。我毁了爱玛生物学的A。突然她需要靠奖学金才能上大学，而我却毁了她的一个A。

她的目光落在千里之外的某处。"我觉得事情之所以那么糟糕，是因为他害怕让我知道。他任由事态变坏，变得更坏，心怀侥幸地希望自己能够交上好运，希望事情发生转机。可是好运并没有发生，如今我们已经一无所有了。"

"那你的公寓呢？"我弱弱地问。

"我签了六个月的租借合同，再过三个礼拜就要到期。我们会搬去一所更便宜的地方。爸爸说这只是暂时性的挫折。自从他来了之后就一直在打电话。"她的脸有些扭曲，"都是长途电话，凯西！打去香港、台北、深圳的长途电话！我们哪里还有钱付电话费？"

"他能够找个工作。"

"他？不，没可能。他不会找工作，"她的语气酸楚，"他有的是计划，计划没有工作那么枯燥。要找工作的人是我。"她把手机弹下关好，放进了背包。"你说得很对，"她说，"你说得非常正确。我太自负了。看看我自己，我以为自己是这见鬼的宇宙的女王，一切尽在掌握。"她转向我，她的嘴唇蠕蠕抖动。"噢，凯西……我已经为我在波士顿的公寓买好了墙纸。"

我用手臂绕住她的肩膀。"嘘嘘嘘嘘嘘嘘，宝贝。"

她的双眼紧紧闭起。"我已经买好我的墙……纸……了，"她抽泣着，"三天前，我还有梦想，凯西。我还有目标，"她打了个悲伤的嗝。"现在，我比你好不到哪里去了！"

我非常不小心地把安慰她的手指甲戳入了她的手臂。

"我有一个新计划。"爱玛突然宣布。

"噢？"

"我们要找到维克特。"

我眨巴了下眼。"那个下三烂的麻烦缠身的毒贩子维克特？"

"但他很有钱，"爱玛说。"与具有价值的高层网络培养联系，永远都是非常重要的。"

"爱玛！"

"与麻烦缠身的穷光蛋毒贩子打交道是没有任何好处的。"爱玛说得头头是道。

"啊。有道理。可你这是在开玩笑吧？"

"我的30/30计划正处于严重的危险中，"爱玛说，"特殊的情况就要用最厉害的手段。"

"你打算找到维克特，勾引他，再哄他给你一百万元。"

"我认为你更适合去完成勾引的任务。你更可爱，"她的口气无比乖僻。

"你真的不甘心落魄啊，"我说。

"破产的艺术家魅力非凡，"爱玛说道，"而一个破产的商业女强人，只能用可悲来形容。"

*

2月6日，非常非常深夜
(即时消息时间)

——令人目瞪口呆的即时消息聊天记录……

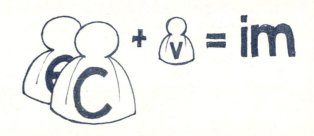

爱玛 说：（11：41：32PM）
　　　找到了！！！

凯西 说：（11：41：42PM）
　　　?

爱玛 说：（11：41：42 PM）
　　　我一直在查癌症的资料
　　　在网上研究
　　　总算大约了解维克特在忙乎什么了

凯西 说：（11：41：57 PM）
　　　!

爱玛 说：（11：42：15 PM）
　　　TRAP论文！
　　　TRAP=端粒酶重复扩增法

凯西 说：（11：42：26 PM）
　　　喔！现在我明白了！
　　　</对方请求传送文件>

爱玛 说：（11：42：32 PM）
　　　看我发给你的网页
　　　<文件开始传送>

　　　端粒酶 = 一种细胞结构，
　　　每次细胞分裂就会变短。
　　　想想鞋带；每双新鞋
　　　你把鞋带剪成两半
　　　再给新鞋用，明白吗？N双新鞋，
　　　鞋带太短了不能系了—>
　　　没有更多新鞋了。

凯西 说：（11：43：17 PM）
　　　为什么细胞不能
　　　永远分裂下去呢?

爱玛 说：（11：43：34 PM）
　　　= 癌症

18.

凯西 说：（11：43：41 PM）
　　　　：（

凯西 说：（11：43：58 PM）
　　　　好吧，我现在拄着你这支拐杖
　　　　来读这些晦涩的文章。继续说，不过
　　　　请说得浅显些。最好呢，跳到最后
　　　　& 告诉我你认为它说明啥……

是的，张小姐。
不对，张小姐。

爱玛 说：（11：44：36 PM）
　　　　你就不能自己动脑筋想吗？
　　　　弥补你把我们的论文搞砸
　　　　……

维克特 说：（11：44：40 PM）
　　　　离刚毅公司远一点！

凯西 说：（11：44：47PM）
　　　　爱玛！

凯西 说：（11：44：48 PM）
　　　　维克特！好久不见！
　　　　你在哪里？

爱玛 说：（11：44：56 PM）
　　　　凯西！……怎么啦？

爱玛 说：（11：45：13 PM）
　　　　反正，维可能只是在研究
　　　　另一种癌症细胞结构……
　　　　但为什么会有人因此送命？
　　　　我的看法是，
　　　　维的项目=延缓细胞衰老

维克特 说：（11：45：13 PM）
　　　　见鬼的，你以为你在
　　　　玩什么凯西？

维克特 说：（11：45：17 PM）
　　　　凯西？这很重要。

爱玛 说：（11：45：28 PM）
　　　　注：细胞衰老不同于
　　　　器官老化。想让一个人
　　　　不变老，你需要解决
　　　　许多其他问题——
　　　　自由基氧化，
　　　　等等

凯西 说：（11：45：25 PM）
　　　　你 = "脱机"
　　　　我永远不知道你在线
　　　　除非你振动我。
　　　　你振动我是因为
　　　　你想与我说话

维克特 说：（11：45：32 PM）
　　　　因为你快把我逼疯了！

爱玛 说：（11：45：42 PM）
　　　　不过哪怕仅是延缓细胞老化
　　　　=许多$，比如化妆品——
　　　　真正管用的抗皱霜？
　　　　47岁中年妇女会出多少钱去换
　　　　17岁少女的皮肤？

凯西 说：（11：45：40 PM）
　　　　+ 你想与我说话。
　　　　你想念我。凯西 & 维克特
　　　　坐在树下——

凯西 说：（11：45：45 PM）
　　　　接——吻——

凯西 说：（11：46：06 PM）
　　　　维刚刚振了我！

维克特 说：（11：46：10 PM）
　　　　你为什么去我的办公室？！？

爱玛 说：（11：46：12 PM）
　　　　！！！！！！！！！！！！

爱玛 说：（11：46：16 PM）
发生了什么？

凯西 说：（11：46：28PM）
我在引他上钩 & 他吼我，
因为我去了刚毅

爱玛 说：（11：46：39 PM）
哈哈！我现在喜欢他一些了

爱玛 说：（11：46：45 PM）
他值得——告诉他我有好地方
可以介绍他卖毒$。为了你
喜欢的廉价游艇画。
这是我一辈子一次的机会啊！
我在为"对话无线公司"打根基，
我是下一代的电信巨人！！！！！！

凯西 说：（11：46：57PM）
　　　:-/

爱玛 说：（11：47：15 PM）
嘿——如果他知道你去过刚毅
他一定是
跟踪着你！
真浪漫！

凯西 说：（11：：PM）
　　　:-/?
他说他的钱
全在股市里

爱玛 说：（11：47：32 PM）
是啊，当然，好吧

凯西 说：（11：47：35PM）
听说过一个人叫
乔治·温菲尔德？

爱玛 说：（11：47：46 PM）
没。

　　　?

凯西 说：（11：47：54 PM）
他说是他杀了卡拉！

凯西 说：（11：46：14 PM）
你怎么知道我去过那里？

维克特 说：（11：46：19 PM）
一只小鸟和我说的。

凯西 说：（11：46：32 PM）
爱玛认为你在制造毒品。

维克特 说：（11：46：39 PM）
她想错了。

凯西 说：（11：46：46 PM）
是啊，当然，好吧

那你的$$$从哪里来？

维克特 说：（11：46：55 PM）
股票。大部分是矿场，
也有银行。我有个朋友，
好朋友，他经常给我
们好建议。

凯西 说：（11：47：09 PM） 在撒子？
哪个朋友？

维克特 说：（11：47：22 PM）
乔治·温菲尔德

离我的事远点，凯西。
你可不想和卡拉同样下场吧，
对吗？

凯西 说：（11：47：29 PM） 部分
谁杀死了她？ 真实。

维克特 说：（11：47：32 PM）
我。

凯西 说：（11：47：36 PM）
你只是说说而已。

维克特 说：（11：47：43PM）
你希望我回答问题，
我正在
回答问题。

爱玛 说：（11：48：02 PM）
为什么？

凯西 说：（11：48：08 PM）
<在问>

爱玛 说：（11：48：15 PM）
我们知道他在
实验室里研究
一些东西 -->抗衰老

凯西 说：（11：48：27PM）
我的天。
刚想到些事。
你是说他在测试一些
关于癌症的东西？

爱玛 说：（11：48：37PM）
对

凯西 说：（11：48：48 PM）
维克特要死了，他得癌症了？

爱玛 说：（11：48：55 PM）
！ 要死了！！！！！！！
？？？？

凯西 说：（11：49：08 PM）
他叔叔告诉我的
=为什么他离开妻子女儿
诊断是ASL，或其他类似的病

凯西 说：（11：49：16 PM）
秘密计划 = 治愈癌症？？？？

→将来 = 巨额 $$$$$$$$$$

爱玛 说：（11：49：25 PM）
嗯……我认为不是。个人意见—
科学不是这样玩的
（1个人 = 治愈癌症）
电影才有的情节。甚至是
（1个人 = 强力新抗皱霜）
也够神奇的啦。

不过，也许他真得了癌症

还有一种可能，

凯西 说：（11：47：52 PM）
我不相信你的话。
你为什么杀了她？

维克特 说：（11：47：59 PM）
我周围的女人都有个坏习惯
就是会死掉。凯西

凯西 说：（11：48：06PM）
你想吓唬我。

维克特 说：（11：48：14PM）
我可以变得更可怕。

凯西 说：（11：48：20PM）
我想，你离开我，
可能就像你当年离开吉赛尔
和贝卡那样

维克特 说：（11：48：32PM）
她们早就死了，你知道的。

凯西 说：（11：48：36PM）
住嘴。这一点都不好玩。

维克特 说：（11：48：42 PM）
是的，的确不好玩。
你确实不愿意相信
我是这么坏的家伙，对吗？
真是十几岁小姑娘的想法，
很傻很天真

看，我可以对着一打圣经
一箱可兰经发誓：我杀了人。
我杀了人，而且我毫不在乎，
这对我来说就是运动。
只有三、四次，
度过了很痛苦的时期

如果你在我身边呆很久
你也一定会死的
事情就会这样发生

凯西 说：（11：49：26PM）
如果你真是这样一个怪物，
你就不会警告我了
你早就把我给杀了。

细胞老化周期变异……

www.eurekalert.org/pub_releases/2003-01/mscc-mid010603.php

先天性角化不全症——
未成熟老化。可能吗？

凯西 说：（11：49：48PM）
他看上去不老。

爱玛 说：（11：49：53PM）
那倒是。见鬼了。呀

哎——下一个问题：
谁是C？日程表最后一条记录：长官，
看上去像是不同的主题。
见正常成年人的端粒酶
（基本上就是zip文件里的内容）

凯西 说：（11：50：13PM）
所以结果"长官"就是维的叔叔，曹
——可维现在又说
他没有叔叔
<转眼睛>
那封写到我的信——我读过的那封
根本不是维写的！

爱玛 说：（11：50：22PM）
也许维没说谎
也许你被人骗了色
也许那信=假的&"叔叔"伪造的

凯西 说：（11：50：36PM）
不，我见过他。
他长得很像维。无论如何，
如果信是假的，曹如何找到我？
我从没和他说过我的名字。

爱玛 说：（11：50：45PM）
更正我，如果我想错了
你不是写支票付冥钞的么？

凯西 说：（11：50：52PM）
啊，天哪

爱玛 说：（11：51：01PM）

凯西 说：（11：49：32PM）
我知道你病了，
我和你叔叔谈过了，他在找你。
他想帮助你。

维克特 说：（11：49：36PM）
我根本没有叔叔！！！！！

凯西 说：（11：49：42PM）
你的谎说得真烂。

凯西 说：（11：49：47PM）
他长得很像你
就是他给了你玉坠
他有一个一样的，不过更大。
维，别再对我说谎了。

凯西 说：（11：49：52PM）
你该和他聊聊。
我不知道你遇到了什么样的麻烦
可是大家都想帮助你
相信我，相信你的叔叔

维克特 说：（11：50：10PM）
你确定他长得像"我"？
你知道，我们都长得很像

凯西 说：（11：50：13PM）
喂！我可不是其他人
我虽然是住在郊区的白人小孩
但是认脸是我的强项
难道你忘了我的专业吗？

维克特 说：（11：50：20PM）
——他告诉你，
他给了我我的玉坠？

凯西 说：（11：50：25PM）
没错

维克特 说：（11：50：32PM）
我想见见他。

凯西 说：（11：50：40PM）
你叔叔？

维克特 说：（11：50：44PM）
是的。

所以你的名字地址&号码
都会留在上面。
谁都能看见，不是吗？

凯西 说：（11：51：13PM）
　我记得你说过
　你不会读我发给你的东西
　关于我在中国城的见闻

爱玛 说：（11：51：25PM）
　显然我看过了！

凯西 说：（11：51：38PM）
　我说过我恨你吗？
　反正，他现在有了个叔叔
　他想见他。

爱玛 说：（11：51：46PM）
　见他自己的叔叔？
　是那个叔叔吗？
　你闯入人家豪宅的那位？

凯西 说：（11：51：54PM）
　他说不是。

爱玛 说：（11：52：02PM）
　他在撒谎

凯西 说：（11：52：16PM）
　好吧。& 我不该给他曹的号码
　→ = 这是我唯一有的
　维想得到的东西

爱玛 说：（11：52：27PM）
　啊！！！！！！C= 凯西或者卡拉！！！！

　凯西！
　问他对你的胳臂做了什么！
　凯西！问他是不是从你身上
　采集了血样！

凯西 说：（11：52：42PM）
　——我的"虫蛰块"！
　我在一月底就有了的针眼！

凯西 说：（11：50：56PM）
　可这是为什么？

凯西 说：（11：50：49PM）
　我还以为你没有叔叔的呢。

维克特 说：（11：51：00PM）
　我当然有。我只是忘记了
　他给过你地址或者电话吗？

凯西 说：（11：51：11PM）
　就是你那个叔叔吗？
　你家房子的那个？

维克特 说：（11：51：19PM）
　不是。

凯西 说：（11：51：26PM）
　另外的一个叔叔

维克特 说：（11：51：40PM）
　对。
　号码呢？

凯西 说：（11：51：45PM）
　我没放在身边

维克特 说：（11：51：52PM）
　别把我当猴耍，凯西
　卡拉就是那样
　你看看她得到了什么下场

凯西 说：（11：52：05PM）
　我会帮你们安排一次面谈

告诉我时间&地点
我会转达给曹

维克特说：（11：52：27PM）
　周五中午11点，机械艺术馆
　我不希望你在那里出现
　凯西，我是说真的，
　如果我看见你，见面就取消。

凯西 说：（11：52：39PM）
　喂——你有没有
　从我的胳臂抽取血样？？？

凯西 说：（11：52：48PM）
　维克特？

爱玛 说：（11：53：06PM）
　　？　有没有可能
　　他觉得你得了癌症？

凯西 说：（11：52：59PM）
　　　　　　维克特？

凯西 说：（11：53：14PM）
　　<维不说话了>

爱玛 说：（11：53：52PM）
　　这真奇怪。
　　如果你=C，1月28日第二个血样
　　那根据TRAP论文的解释，
　　你的血样指标为零……
　　他在那条记录里写了"见鬼"，
　　就像他"希望"你中大奖似的。
　　如果他在研制的是，就像
　　恐怖分子的生化武器——
　　如，传染性癌症？？？？
　　难道他的目的是让你被感染！！！！！！！

凯西 说：（11：54：15PM）
　　爱玛！天哪！

爱玛 说：（11：54：38PM）
　　——无聊的念头。
　　别把我的话放在心上。

凯西 说：（11：52：42PM）
　　哦，我当然不会。不要啊……

84

2月5日，晚到不能再晚

（"你该睡觉了，除非现在是关键思考时刻，任何事情，除了传染性癌症之外"的时间）

对着眼前那堆癌症调查资料发了一会儿呆后，我才真正有了强烈的噩梦感。然后，又花了超额的时间，详尽翻阅了从飞机仓库里轻而易举偷来的东西。在网上找了个英法翻译字典，输入了结婚请帖上的内容。

*

试了快捷拨号，用我超炫的新海豚手机给维克特打电话。无人应答。我好惊讶啊！

天哪，我累了。

85.

*

试着让自己入睡，不过没有成功。脑子里反复出现维克特把一针管癌症液体注入我手臂中的画面，尽管内心深处，我知道他绝不会这样做。而有时，就像为了调整节奏似的，我想像成群的警察包围在我家门口，以非法闯入刚毅公司的罪名拘捕我，而且我估计妈妈的水星侯爵车的例行排烟检查也已经过期了。这就是加利福尼亚，我们对待这些东西无比严谨。

*

调整了海豚手机的设置，《苦乐交响曲》被二战时期老式的转盘拨号电话的铃声所取代。爱玛也自己设置了铃声，你能听到她的声音响起，"铃……铃……铃……"

我们真是一对活宝。

*

维克特，不管你在哪儿，请给我回电。我需要知道你对我做过什么。我需要知道你在逃避什么。曹究竟是怎么一回事？他是谁？我该相信他吗？到底发生了什么？

给我电话，我恳求你。别把我一个人抛下。

*

2月6日，早上

(轮胎怪圈时间)

一早就醒了，再也睡不着。看着床边闹钟电子屏幕上时间的跳动：5点03分，5点04分，5点05分……数字焕发着激光般的蓝色。

六岁那年，我偶然发觉如果爬上门廊的栏杆笔直向前走，我就可以够到房子边上的樱桃树，拉住枝杈攀援而上就能爬上我家车库的屋顶。能从那里眺望邻居家的院子，我总算比隔壁那个红头发的混小子高出了一大截，那种感觉就像我就是整个世界的女王。然后有一天，红发小子看见了屋顶上的我，挑衅我说："你没胆量往下跳。"仅仅为了与他作对，我跳了下来，为此摔破了膝盖。当我从医院回到家后，他们再也不准我爬上车库的屋顶。

我想说的是，我之所以开始侦察维克特，是因为我气不过他抛弃我的事实。后来我继续行动，是因为爱玛让我不要这样做。如果我是个温顺的人，可能我永远也做不了任何事。

*

飞机游过后几周，维克特第一次与我进行常规约会。他表示打算将带我去一家很不错的餐厅，我说太好了。然后倒霉的爱玛就得听我不停抱怨自己完全没有任何适合这种场合的衣服。一整个周末我都在逛旧衣商店，最终寻觅到这条不可思议的裙子，一件三手的克洛伊（注：Cholé，以浪漫女人味风格著称的美国女装品牌），黑色真丝，波澜壮阔的紧身束胸衣。当我从一堆灰黑黯淡的盖普（注：Gap，美国著名牛仔品牌）原创系列牛仔裤的货架中挑出它来时，我的脉搏都不由地加速跳动。虽然我的胸脯还无法胜任填满它的海量胸围，可是，瘦永远是美，不是吗？花在司滋乐吃一顿自助餐的钱，买一条上千美元的连衣裙，我当然绝对不能错过这个机会。

餐厅很正点，亚式法国大餐也不同凡响，可我的约会对象却可恶极了。事实上，真正的麻烦直到甜品（他的是肉桂粉浇撒的精致泡芙，我的是芒果味焦糖炖蛋）时段才开始。从第一道薄荷酱配串烤虾，到服务生撤走最后一道水煮三文鱼浸椰汁牛奶，我始终谈笑风趣，全情投入。然而上甜品时，搅玩着我的芒果味焦糖炖蛋，我终于忍耐不住了。"那么——"放弃，凯西！放弃！"那么，嗯，你觉得我的裙子怎么样？"

该死的。我恨不得用甜点叉钉住我的舌头。

维克特看着我，似乎被逗乐了。"这条裙子很可爱。"

唷！

他叉起餐碟上一小块裹着巧克力奶油的泡芙。"其实它不是很适合你，不过，这不是裙子的问题。"

有些时刻，在这个粉饰着虚假的世界中，维克特古怪的率直会带给我震撼，令我对他刮目相看。不过这次却并非如此。"喔——现在你成了时尚评论员了？实验室里放着不少《Vogue》（注：《时装与美容》，著名国际时装杂志）吧？"我说得很大声，响亮得足以让隔壁桌子的客人转过头来留意我们。

维克特耸耸肩。"嗨，我明白你是想突出你的优美身段，而不是……"在餐厅里的其他客人的注视下，他对着我的胸部挥舞着勺子——克洛伊的低领束胸衣令我发红的小平胸备受瞩目。"我的意思是，你也不希望把别人的注意力吸引到你的身材缺点上吧？"

相隔一桌，一个包裹在冰蓝色"唐娜·卡伦"（注：Danna Karan，以大都会性感职业女性风格著称的美国高级女装品牌。）里的大波霸，朝她的男友眨眨眼，两人心领神会的微笑。如热浪般袭来的尴尬顷刻间烧红了我的全身，我想我的嶙峋锁骨就要喷出火焰来了。

"比如，我的腹部没有六头肌，"维克特全然不觉地继续着，"我就不会穿着那种只遮到肚脐上方的紧身T恤到处晃悠。法国人总是说，如果我觉得自己肚皮很胖，我就该引导注意力到其他地方。"

我搜尽枯肠地想找一句俏皮话来反驳他，可惜没有存货。于是我拎起了我的焦糖炖蛋，劈头盖脑朝他甩过去。

维克特喉咙里发出一声不满的挣扎声，就像一只被卷进堆满重物的超市手推车轮下的鹦鹉。我觉得他低怨的嘀咕声可爱极了，满心希翼等着他再叫一次，可他依然坐在椅子里，一动不动，任凭焦糖软冻粒缓缓流下他的脸孔。我们周围的餐桌响起一阵神经质的窃笑声。

"没人在看你的肚皮。"我着重指出。

维克特伸出手，恍然若失地把眼睛附近的焦糖炖蛋拭去。"多谢。"他说。

"喔，天，"我皱眉道，"可他们现在全在看你的脸呢！"

"好不到哪里去，"他枯燥无味地说着，示意我们的侍者，"请给我一条湿毛巾还有帐单，谢谢。"

"当然，先生。"侍者检验了依然逗留在维克特脑门上颤微微的大块软冻后，转向我，完全不带任何表情地说道。"我希望您会满意您的甜点？"

嗝，哇哈哈哈 ‥‥‥

"非常完美。"我说。

*

维克特借口去餐厅洗手间清洗，离开了桌子。他久久不归，以至于我的眼前出现了自己穿着束带晚装凉鞋，徒步走回二十五公里之外的伯林格姆的情景。好在最后他终于归座了，头发整齐地向后梳拢，湿湿滑滑的像只水獭，一脸笑意。周围桌子的人们假装笑着窃窃私语，不过他看上去依然对他们的反应毫不在意，让我也更轻易地对他们视若无睹。"我不太容易被事情惊讶到，"他说，"可你总是能让我吃惊。"

"你会送我回家吗？或者我是不是该开始找人搭车了？"

"除非你保证再也不朝我扔或者吐或者泼任何东西？"

"我可不敢保证。"我说。

他开车送我回家。我仍然对和他一起呆在房间里感到别扭，可我更不愿意这个晚上就这样度过。我让他在路边等着，回家换了牛仔裤和一件宽松的大连帽汗衫，再去与他散步。我们停在7-11便利店，买了几罐IBC乐啤露（注：美国IBC公司出品的啤酒口味但无酒精成分的饮料，因瓶身造型经典而性感出名。），玻璃瓶装的那种。大麻上头的收银员居然要查维克特的身份证，维克特说他不是本城人士，更何况，哪里有在加州买乐啤露还要看年龄的道理！

我们来到我的原始部落狩猎场，罗斯福初级中学，从游戏场穿入沙丘。怪兽状的巨型卡车轮胎拦倒在路中间，一些杂乱地横躺着，另几个层层塔叠到九丈多高。轮胎怪圈，是我们以前对它的称谓。维克特与我攀爬上最高处的轮胎，一起坐着饮乐啤露。不知为何，我谈起了我的爸爸。自从葬礼以后，这是我第一次与人谈到他，真的。

我打开话匣子，一说就停不下来，话语源源不断地从我的嘴里溢出……九岁生日时他送我的瑞士军刀礼物；那次我把磨甲器扔在他的一幅油画上；每当发成绩单的日子，我总是迫不及待回家告诉他。我的分数向来一团糟——他以前爱开玩笑说，它们就像是老师从车库旧货摊上淘来的便宜货。"勤奋与信念"从来就不是我的强项。我告诉维克特爸爸挂在我摇篮上的彩色轮子玩具车，他如何教我识别七种不同颜色的鸭子，还有他死前的那个晚上，我推掉了家里的晚饭和死党一起去爱玛家玩。所有的谈话都与我的哭泣混合成一体，眼泪与语句相间着倾泻而出……

黑夜中，坐在轮胎上的我无法抑制自己的恸哭，最后连喝进嘴里的乐啤露都有了咸味。我勉力挣扎着，如同一叶漂浮在翻滚洪水中摇曳颠簸的残舟，竭力不让悲痛的巨流将我完全吞噬。

维克特用他的手臂将我包围。哭到一半的时候我突然笑了，打了个潮湿的小嗝。他问我为什么发笑。"你的古龙水，烧焦的炖蛋味。"

"明年，所有人都会选用这款香水。"

他的拥抱令我无比欣慰，我靠近他，贴上他身体的温暖。他弄出一声寂寞的叹息，那种你对着瓶口吹起时听到的声音。"死亡来临就如黄昏时分，"维克特说道，"一切都蒙上灰影，越渐黑暗，直到永远。从前有个时候——"

他停顿了。

"怎么了？"他甩了甩头。"继续说。"我说。

他又轻柔地就着瓶口吹气。"我站在一片平原上，尸横遍野。那种感觉就像是他们吸走了世界的全部色彩，随着鲜血渗透进大地的深处。"

"噢，我的天。"

"那是个叫做阿拉希格德的地方。"他从回忆中苏醒了。我几乎能看见，在他眼睛深处，记忆的门帘落幕，大门再度重重被锁上。"那些是无关紧要的东西，我只是想说，打那之后很长时间，世界都黯然失色。"

片刻后，我说："我只是想再像以前那样去感受。"

"再也不可能了。"维克特的语气很柔和。那个夜晚，空气中有淡淡的焦糖炖蛋的味道。"当你明白什么是死亡后，世界就再也回不到从前的样子。但是也不会永远如此黑寂。"

胸中的激荡逐渐平和。肩头上来自他手臂的沉稳压力，让我们彼此相融。"那么，会好起来吗？"

"凯西，你是一株在黑暗中燃烧的火烛。"维克特的手指微微抬起我的脸，"在你的一生中，人们会看见你的光亮，哪怕在遥远的地方，哪怕是在半夜里，他们都会靠近你。"他抚摸着我湿辘辘的沾满泪水的脸庞。我能感到，自己的皮肤在他的触碰下羞红。"他们希望用你的光亮照亮他们自己，"他说，"每当黑夜结束，又是清晨，太阳重新升起。"

"亲我。"我说。

"我不该这样做。"他喃喃低语，不过事实上却行动起来。如果我妈没有在那个时刻打我手机的话，我打赌他肯定亲过了。

她想让我带着蔬果回家当早饭，还提醒我要交的功课。也许她在使用某种母亲们发明的邪恶超能力，打击那些夜里与男孩一起玩到很晚的女儿。电话刚一挂断，我还遐想着回到之前亲热的桥段，可是维克特已经爬下了轮胎，再把他勾引上来未免也太生硬做作了。那时我想他是为了保持绅士风度——尽量克制自己，不要趁人之危。可是如今，我已知道了他对吉赛尔和贝卡做过的事，知道了他的病情……也许我只是在恭维自己，可我并不以为他那样做是为了保护我。在我心底最秘密的角落，我清楚，并非只有我，冒着坠入爱河的危险。

*

凯西，你是一株在黑暗中燃烧的火烛。

很难放手一个会对你说这样的话的人，哪怕他只说过一次。

2月6日，依然是早上，还蛮早的
(洗涤剂马蒂尼时间)

  还是不知道自己该拿维克特怎么办，我已经厌倦了哭个没完，于是去厨房给自己做了一杯杜松子酒。天，这玩意儿糟透了。第一小口就让我活生生得倒退回上周的画面——凌晨三点呕吐不止——于是我把杯中剩下的酒统统倒入水槽里。紧接着，冲动下我抓起哥顿酒瓶，把剩下的金酒也全毁了，用洗涤剂驱逐水槽中的酒味，直到再也闻不到一丝杜松果的气味为止。

  坐回房间后原本打算记录一些关于神秘维克特的笔记，结果却不由自主玩起了电脑上的纸牌接龙游戏。

  ——有车子开进了车道。没有闪光灯或是警笛声，我猜应该是妈妈下班回家了。她一定累坏了。

2月6日，早上
(法式吐司的早饭时间)

  妈妈悄悄地走进来，怕把我吵醒（就像我真睡得着似的！）。我蹿出门去与她打招呼，两人一起坐了厨房饭桌前，我还套着睡衣，她的休闲裤上系了件羊毛衫。"你怎么不在家穿你的制服呀？"我烧了壶水，准备泡薄荷茶。"如果我是你，我醒来第一件事就是把自己钻到工作服里去。"

  "医院味儿太重，"妈妈脱下鞋，揉着自己酸麻的脚，"还有卫生问题。那

90.

里到处都是细菌，你也知道，我们那儿有很多病人。"

医院味儿，我心想。"难怪你从来就不太喜欢爸爸送给你的花，"我缓缓地说，"因为你在医院里见过太多的鲜花了。"

她抬头看着我，满脸不悦。"我的表示并不明显吧，不是吗？"

"我想他应该没发觉。"

"可我领了他的心意，凯西。"

妈妈的脚趾在她的医用强力丝袜里扭动了几下。"只不过……天哪，我扔掉过无数腐烂的鲜花，你懂吗？你会明白的，那时我甚至开始与自己打赌，病人和花朵，哪个会活得更久一些。你觉得你爸爸注意到过吗？"

我说，"我肯定他没有。"

她叹了口气。"他一直以为你和他更亲近，虽然他担心伤害了我的感情，从没说出口过，可我明白他就是这样想的。然而事实上，比起他来，你和我才更加相像。"

她放下酸胀的脚，走到高大的碗柜前。中间一层放着咖啡和茶，最高一层是藏酒格。她仰起头，搜摸着金酒酒瓶，可却找不到它的踪影。

"我在泡花茶，"我说，"你要来一杯吗？"

她把视线从架顶的玻璃瓶上挪开，瞥了我一眼，脸带羞愧。"好的。"她合上碗橱门，"我们应该吃早饭。似乎已经有很长时间没一起吃过早饭了，怎么会这样？"

我们彼此心知肚明。

"我该做点吃的，"她说，"我该给我们俩做一顿早饭。"她失神地站在橱柜前。

壶水烧开了，我把沸水注入茶壶里。"那我来烤几片法国吐司。"

"还是让我做吧，宝贝。"

我把她让到饭桌前坐下。"整个晚上你都在照顾别人。现在就让别人照顾你一下。"

"法国吐司，这主意真棒。"妈妈注视着我，眼眶湿润了。"你为什么对我那么好？"

我在火炉上支起烤吐司的煎锅，往盆里敲了几枚鸡蛋。"你觉得这值得吗？"我一边说，一边用锅铲把鸡蛋搅成糊状。我保持后背对着她的姿势，这样我们就不用看到对方的眼睛。"我是说嫁给爸爸，你觉得快乐吗——我是说现在，在这一切发生之后？"

"如果我不和他结婚，那就没有你了。"她说，"我可无法想像一个没有凯西跳下车库屋顶的星球。"

"拜托，你就不能让我忘记这事吗？"

"要不是有你爸爸……我不知道我的生活还有什么意义。"她的目光逗留在薄荷茶的深处，"现在他不在了，我又不知道生活的意义为何了。我也想像过未来，可是它……我不知道，空洞而没有方向。"

我把一块面包压入蛋糊中，再次扔进煎锅里，面包肚皮朝天躺在那里，向我发出哗哗的烧烤声。

妈妈擦去眼角的泪花，就和我的习惯动作一个样，那种用手背愤怒地拭抹。"可我知道，要不是有我在支持你爸爸的工作，美国邮政局绝不会有那张真正优秀的巨头鹊鸭邮票。"

"那真是一张不错的邮票。"我说。

"简直就是超级棒。"妈妈说。

我转过身来，我们都哭了。妈妈又擦掉眼泪。"我的该死的吐司呢？"她说。

2月6日，晚上
(突然崩溃后的生活方式)

8点刚过，爱玛出现在我家门口的走廊上。完全没有预兆：一阵激烈的敲门声后她就站在外面，头发刺扎扎的像只淋过雨的野猫。她穿着黑色牛仔裤，以及那件我买给她后她从没穿过的黑色真丝T恤，外加一件我早以为自己弄丢了的旧牛仔夹克。她的眼珠如轴承滚球般突显，而且她还在头发上搞了名堂——插入了闪亮的金属质感碎片，让她看上去既招摇又古怪，危险气息十足。她甩头走到停在路边的BMW里，那是她16岁生日时她爸爸送给她的礼物。"上车。"

"来了。"我说，好搭档就是如此默契。

"嗨——这宝马抵得上麻省理工一年的学费呢。"我说着，爬进前座。"反正在波士顿找停车位也很困难。"

"这不是我的车。"她咬牙道。

"什么？"

"我爸爸已经把它租出去了。明天就要开进店铺。所以我最后开它出来兜个风。"爱玛说。

我们在路上驰骋。

缄默让我感到有点不自在，于是我说道："我已经决定要当一名成年人，不再追踪维克特了。"车子如子弹般冲出280公路的最后一个山谷。在我们前方，旧金山的灯光一派光亮耀眼。"你说的没错，强扭的瓜不甜。更何况如你所知，我也从来没足够了解过他，所以这违反了游戏规则。"或者是，这将使我担负着如同妈妈此刻的心碎一样巨大的风险。

爱玛惊愕地望向我："你还是那个女孩吗？为了报复凯尔思图特把疯狂粘胶涂在他自行车头盔里的那个？"

"那会儿我还年轻呢，更何况……当年我已经失去了生命中的一个男人，这样的悲痛对于一名高中生来说足够了。"是的，爱玛是正确的。在学校里我需要补习很多落下的课程，在真实世界中我做得也还远远不够。妈妈已经有太多的烦恼要应付，绝不需要再添上一个车祸出事的女儿。更重要的是，失去学业去星巴克站柜台的堕落生活，也不会令爸爸为我骄傲。"度假结束，"我说，"重回校园的时候到了。"

"喔，不，你不是吧，"爱玛冷冷地说。

"不是什么？"

"放弃维克特。"她瞪住我，她的英国口音加重了，每次她情绪激动时就会这样。"我花了那么长时间和无数心血，帮你追踪你的落跑罗密欧。如果你认为，我会抛下这唯一个我们所认识的上层有价值人士不理，就此作罢，你就大错特错了。"

我看着计速器，宝马已经跑到时速80公里了。"你真不打算放弃30/30计划，是吗？"

"我们会找到维克特的，"爱玛火冒三丈，"到那时候，要么你就嫁给这个家伙，或者我们就把他抓进去换奖励。"

"你觉得警察会为他设悬赏金？"

"我可没说一定是交给警察。"

"你在开玩笑吧，是不是？爱玛？"

她做了个鬼脸。"我当然是在说笑，你这个笨猪。你倒不是非得嫁给他不可，"她说，"你们可以未婚同居啊。只要你有使用他支票本的特权，其他的都不关我的事。"

"哦，这样就好。"我的肚皮咕咕叫唤，"我猜你大概已经吃过饭了。"

"我爸说我们该出去吃晚饭，我说我们没钱了。他说可以用我的信用卡赊账。我傻眼了。"爱玛怒目而视，夜色中，她的（被租掉的）宝马前照灯照亮了前方一段高速公路。"他整日坐在家里看股价，给他的好友打电话。人家的秘书不肯帮他连线，别人也从不回电给他。可他却说，一切都会变好的，会好的。"她注视着我，"我说我会给他烧一顿美味的家庭晚餐。"

"喔，亲爱的。"根据对爱玛的烹饪水平的了解，这足够让我摇头丧气。

"削土豆器真的不能用来剥明虾壳，"她说，"虽然这在理论上完全可行。不过没一会儿你就会发现手指上黏满脆薄的虾壳，就像用过的隐形眼镜片。还有虾脚，"爱玛雷怒道，"到处都是湿嗒嗒蚱蜢似的小细腿。"

我重新审视了她头发里那些尖锐闪光的东西。

我的老天。

真正的友谊就像是一场婚姻：贫穷或者富贵，顺境或者逆流，都要同甘共苦。如果真相来临之际，你却无法忍受做出牺牲，那还算什么朋友？

我看着她头发里缠住的小虾壳，话到嘴边咽了下去。"等一下，"我说，"我带了梳子。"

*

趁着驶入汉堡王快速窗口的空隙，我理顺了爱玛的乱发，再把发梳丢进出路上的垃圾桶。我们大嚼汉堡包，小车下了金门公园附近的高速出口，进入了市区。"现在我必须得到奖学金，"她说着，舔掉手指上的特别酱料，"我觉得如果能够再加入一个团队，我的机会就更高些。"

"你不是已经在数学奥林匹克小组了吗？"

"不，我说的是体育社团。"

我被一根炸薯条呛到了。

爱玛脸胀得通红。"我想进划船队，"她的语气夹杂着敏感的自尊心，"赛舟队。还有时间报名。你知道吗，他们会在波士顿划船，我调查过了。哈佛对耶鲁，就像牛津/剑桥的划船比赛。我是这样想的，要进那些新英格兰学校，比如麻省理工，我有SAT考试（注：SAT考试主要针对美国的本科，是世界各国高中生申请进入美国大学本科学习及获得奖学金的重要参考。）数学成绩790分的基础，如果能进划船队，我就会比其他数学书呆子更有优势。"

这时我们已到了海特街区，车子爬上一条喧哗的上坡路。人行道上年轻时髦的人群缓慢移动，皮夹克和眉环随处可见。我吞咽一口可乐冲下薯条。"爱玛，你以前划过船吗？"

"嗯……"

"那你有没有坐过船？"

"我看过十一遍《泰坦尼克号》。"她心虚地说。

"大家都淹死啦！"

"我进不了田径队，"爱玛哭了，"我太矮了，也太英伦了。"

"太英伦？"我们路过庞大的阿米欧巴音像店。"嗨，"我疑惑不已。爱玛的宝马车拐上了去维克特家的大街。"嗨！你往哪里开啊？"

"我们现在不能放弃维克特，"爱玛说，"我已经陪上那么多时间了，调查TRAP论文和刚毅公司的历史。我本可以练习划船机器，"她恨恨地说，用力拍了一击自己的肩膀，"说不定连股四头肌都练成了。"

"你的股四头肌在你的腿上。"

"省省你的解剖学课吧。关键在于，我原本能用这些时间筹备春季比赛。你知道人们管那些队员叫头手吗？赛舟大会可是萨克拉门托的重大比赛。你好，我叫爱玛张，我是领队头手。"

"爱玛！现实点，这太不公平了！是你叫我别管维克特的事儿的。是你说我会受伤，你说我该像同龄人那样把精力放在学校功课上。"

"噢，没错。"她说，翻了个白眼，"好像你能拿到斯坦福大学的奖学金似的。"

"喂——"

"是！是的，这些全是我说的！可那是在我爸爸出事前。"她呼哧呼哧地说。我们开到了街区顶部，爱玛猛刹车把宝马靠在路边。"你永远没错，可你无法预测人生。这一分钟，你的生意资本运筹帷幄——可下一秒，虾腿就粘在你的鼻子上了。你可以在心跳的瞬间倾家荡产。"

"可你并没有失去一切——"

"——而且在这样的世界中，如果连朋友你都无法指望，"她说，"希望还能寄托在哪里？"她注视着我，眼中闪亮着泪花。"你的朋友也许碰到了些麻烦，"她说，"这个朋友——维克特，你知道——这个朋友也许正非常需要你的帮助。"

我慢慢领会到这就是爱玛的表达方式，谢谢，我很高兴你在这里陪我，不过对不起。

我们一起在黑暗中坐着。终于，爱玛拉起皮质操纵杆，准备下车。"爱玛！这太疯狂了！"

"那你报警吧。"她使劲跨出车门，朝维克特家下方的大门口走去。尽管她口气强硬，脚下却一个趔趄差点摔倒在人行道上。天——毕竟这可怜的小孩从小都是保姆带大的。

这可能会成为一条线索，加强版非法闯入少女要开始行动了。我叹口气爬出车来。"别傻站在那里不动，"我低声埋怨，"你看上去就像个可怕的罪犯，"我破口叫道，生怕别人听不见似的，"就是这个地址没错。"抓起爱玛的手臂，我带她快步穿过了大门。

"你干这活儿还真有一套。"爱玛怪叫道。

"实践出真知。"我们沿着通往房子的白色鹅卵石小道前进。一间靠前的房间里有灯亮，除此之外，整栋楼一片漆黑。"那盏灯是用来威慑小毛贼的。"我说。

"它对我很有效。"爱玛说。

"哈，刚才那个彪悍女去了哪里？"

"找出维克特是我最佳的理智方案，我正在干活呢。"爱玛哼哼道，"虽然我不具备你那种天生的犯罪本能，但是难道你还能因此起诉我不成？"

前门锁上了，后门也上了锁，不过也不打紧。我向爱玛借过我的牛仔夹克，裹住拳头，一拳砸碎了玻璃。"我的妈呀！"爱玛惊叫，"你一定要弄出那么响的声音来吗？"

"这是玻璃。"我说，自己也被吓了一跳。真奇怪，当他们在电影里干这事时不过是一声低闷的撞击声，然后坏人就神不知鬼不觉地溜进了房间；可当我如法炮制时，声音响得就像投掷了一颗保龄球滚向一排折叠玻璃门。

我费了好大的劲儿才撬开咬紧的牙关，睁开紧闭的双眼。"啊呀！"我生怕别人听不到似的，又是一声大叫。"我们得找把扫帚把这里扫干净。"我说。

爱玛瞪住我，牙缝里挤出几个字来。"为什么我会被你连累到这样的事里来……"

"我？是你——"

可她早已穿过破碎的门洞，扭转把手，进入了维克特的厨房。里面伸手不见五指，碎玻璃片在脚下嘎吱嘎吱作响。"去书房瞧瞧吧，"我悄声说，"也许我们能找到其他号码，很多号码。"

"哎呦！"我前方响起嘭的一声，接着爱玛用广东话低声咒骂了一阵。

"发生了什么事？"

"该死的岛屿式剁肉台厨房的设计者。"她语无伦次地骂道。

"你真搞笑。"我四处摸索着，直到找到电灯开关。顿时，经典的现代风格光线给厨房注入一片柔和的明亮，真是完美的做饭准备。

"我们是不是过于明目张胆了，凯西？"

"我想也不用躲躲藏藏的了。"我冷冷道，"如果有人来了，大不了就用神经错乱女友的借口。"

"嗯，反正这也是事实。"

我警告她别把指纹留在任何东西上，指引她来到屋子前侧的书房。维克特的书桌不像上次那般凌乱不堪了，桌面整洁，而且电脑也不在。"空空如也，"我一边说着一边打开抽屉，"橡胶带和文具，空白书写纸……啊！"我试着拉右下方的抽屉。"纸页！"我抄起一把，"可没什么新东西，"我失望道。"看上去都是旧书信。还有纪念品。这个看着像是……一本餐厅菜单？可是为什么他会有来自'坏便士酒吧'的纸桌垫？"我疑惑不解地捡出这片东西。

"嗯？"

爱玛显然没在听我说话。她正全神贯注地盯着，夏加尔的油画。

我不禁咧开嘴笑了。伟大的艺术正该如此。你可以把自己想作一个牛人，那些自命不凡花里胡哨的艺术与你无关——可一位大师却能如子弹般瞬间射透你的心脏。人们总讨论着老虎伍兹或迈克尔·乔丹——可如果你真想看一个老兄霹雳大灌篮，那就花半小时看看毕加索战争时期的画作吧。大师们不只是为了得分——他们希望盖帽在你脸上。看到夏加尔震住了初级生意成就俱乐部的小姐，还真是一件令人愉悦的事。"很精彩，不是吗？"

"多……"爱玛吐出一口呼吸。她把目光从油画上拖开，无限惊奇的眼神落在我身上。"多少钱？你说这东西值多少钱？"

"嗨，喔唷。我们来这里是为了找维克特，记得吗？"

　　"去他的维克特！"爱玛哭声叫到，"六十万美元——你没开玩笑吧？四年麻省理工学费和我自己的公寓，多出来的钱足够让我爸爸呆在香港过活了！"她仰天狂笑。"我们也不用与毒贩子瞎搅糊了！"她向油画伸出手去。

　　我攥住她的胳臂。"喔唷。私闯民宅的少女可不会犯盗窃的大罪。跟踪维克特是浪漫的，记得吗？陪审团会这么想。可假如你偷了那幅画，就等着七到十年的女子监狱生涯外加一个女霸王室友吧。"

　　"我想的不是盗窃，"爱玛反驳道，"我只是在想，我们应该检验它，没其他的。"

　　"你真的想带着一幅裱框的夏加尔，蹒跚在海特爱须布瑞街头？"

　　"还是你考虑得周到，你考虑得真周到。"爱玛说，"我也不知道自己在想什么，画框看上去的确太可疑了，我去厨房找把刀把它割下来。"她轻快地说。

　　"你……不……许……碰……那……画。"我咬牙切齿地说。爱玛露出愤怒的表情，我监督她直到她把双手从油画挪开，放回维克特的书桌上。她手边有一个黑色小盒子，大约一袋火柴盒的大小。"奇怪了，上次它不在这里。"我拾起盒子，不过它似乎没有开口，也没有按钮之类。"你觉得这是用来做什么的？"

　　爱玛两眼圆睁，她的视线穿过书房。离桌子不远的书架上有一个相似的小塑料盒。"哇噢。"

　　我把盒子放下。

　　"我不敢确定，"爱玛小心翼翼地说，"不过根据我的推断，那是个红外线行动侦测器。"

　　"就像防盗门铃里的装置？"我有些口干舌燥。

　　"那正是我在想的。"

　　"也许是维克特落下的。"我说。我开始把维克特书桌下方抽屉里的纸页填进我的手袋。

　　"也许。"爱玛说，"也有可能是其他人放的。无论是哪个情况，当我们跨入这间屋子时它就被触发了。如果有调度仪器在监控它，他们可能已经报警了。"

　　"好吧。那我们执行B计划，记得吗，就是嫉妒的女友。"

　　"对，"爱玛说，"麻烦你再重复一次A计划？"

　　"死命撒腿跑。"

　　当我们跑到鹅卵石道的中途，听见有辆车上山停在了下方维克特家的空地。

我拖着爱玛离开正路，藏身于一丛竹林里，蹲在黑暗中。下方传来两扇关车门的沉闷声响。我竖起一根手指放在爱玛的嘴唇上，我们一起默不做声地朝丛林深处移动着，脚步声从鹅卵石道上往别墅而去。

我稳住爱玛，一只手按在她的肩头。步伐更近了。是两个人。一个陌生男人的生声音在黑暗中响起："手电筒？"

"慢，"他的同党说，"不要惊动里面的人。"他的声音更苍老，更深沉。

"你觉得那不是他？"

"他不会笨到惊动警报。"年纪大的男人说。

我完全僵在原地，无法动弹。这二两人正从我们面前经过。深色长裤，深色衬衣——警察。我能瞥见他们胸口处徽章的反光，还有近处那人臀部处突起，皮套里放着手枪。

我的天啊。

"你觉得是那个女朋友？"

"没看到那辆破烂水星车。"老警官说。

"她可能坐了公车。"语音减弱，继续朝山上去了。"那老头说她经常这样干。"

见鬼的他们怎么会知道这些关于我的事？

我转过头，发现爱玛正盯着我，两眼圆圆的，我能感觉她的肩膀在我手下颤抖。"等到他们进房子，"我用口形表示。

她点点头，完全信任我超级的犯罪技巧。

没多久，我们听见脚步到了门廊，然后屋里又一盏灯亮了起来。我们从竹林屏风后蹑足而出，用了十秒钟潜行下了石径，一边踮脚尖，一边相互嘘嘘。之后我们彻底失控了，以百米冲刺的速度跑下了山路，跳上宝马，就像刚刚打劫了银行的邦妮和克莱德（注：电影《雌雄大盗》中的主人公，该片1967年上映，根据真人真事改编，是亡命者公路电影的经典之作。），全速往家驶去。

2月7日，早晨
（决定性一击的时间）

我把爱玛送回了家，还给了她一袋价值30美元的外带中餐，给她爸爸填肚子。直到回家后，我的肾上腺素依然高涨不落，于是只能在电脑上玩了一个小时的扫地雷游戏，才缓过神来检查自己从维克特抽屉里挖到的东西。几乎全是信件和旧的报纸剪报——家庭历史。出于某种奇怪的原因，他对家庭历史无比着迷。

我想起了曹说的那些话，维克特的病情，还有他逃避人群的习惯。也许是这个中年人在说谎，也许并不是。有时当没有太多未来能够指望的时候，人就会习惯于想一些过去的事。

刚过11点我就给曹打了电话，告诉他维克特约他第二天（就是我在写的今天）11点在机械艺术馆碰头。

现在已是早上，我要给自己下决定，到底去不去侦察他们。

*

老天，凯西——你不是说自己该长大变成熟了吗？做件聪明事吧，哪怕就一次：赶快搭车去学校，安静地坐在教室里，忘记所有这一切，维克特的秘密项目，卡拉·贝克曼的枪伤，还有《水泥大门》。忘记是需要费些工夫的，但是我相信，你能够做到。

没错，是啊，好吧！

2月7——不，应该是8号了，已过午夜
（"见鬼——，艺术女！"时间）

我的天。

我回回到家已经有段时间间了，不过这是是我手抖得最凶凶的一次，没法法儿打字。

我的天。

今日简要事项：

* 绑架，死亡威胁，维克特，警察，手臂上针眼的真相，刀——

*

愚蠢蠢的抖抖不停的手。

*

好了，哪个白痴家伙把金酒倒光了？

*

刚刚连听了九遍《苦乐交响曲》。所有事都在我的控制中。

我想把发生的事写下，可魂灵尚未归位，只好拿出画板乱画——山林深处，警察，短剑，终结小孩（我一直在心里这样称呼她，然后才意识到，**我也是终结的**）。不错，双手终于平稳下来。铅笔之于我 ＝ 警察的枪。武器在手感觉好一点……

好，我现在开始写了。我难免会有点添油加醋，不过也算基本属实。趁热打铁吧，现在就做。写下来，发给有头脑的人看看，明天发给爱玛，问问她该怎么办。

至于现在，停止思考。只要写和画。写和画。

*

今天早上——我理所当然去侦察了维克特与曹——

……我大手大脚开车前往45号码头，这是一个重大失误。最后不得不以5美金一小时泊车在栗子大街，并保证1点离开。不是1点前——而是1点整。因为每个车位都被管理员加停了一辆车，提前回去就要靠老天帮忙了。

徜徉过包威尔街与杰佛森街，我快步穿过渔人码头。今天我全副武装穿着牛仔夹克，头戴秘密警察太阳镜，以求万无一失的伪装效果。我迅速走过43号码头出没的搞怪家伙，灌木乞丐，他总躲在灯柱后跳出来吓唬人。出于某些原因，来自布拉斯加州和印第安那州等地的游客觉得他很有趣，每次都会往他的破帽里撒一把零钱币。不禁令人好奇，林肯人民周六晚上到底都玩些什么娱乐项目？我匆忙穿过相当空旷的渔人码头，眼看着灌木乞丐鬼鬼祟祟跟了过来。不过我从太阳镜后瞪了他一眼，假装伸手入包袋拿辣椒水喷头。就像是认得这动作似的，他迅速跳回了原地。我想，毕竟还是有来自纽约的游客的。

经过雷普利的"信不信由你奇趣馆"时，我放慢了脚步。以前爸爸带我来参观过，我看过双头牛，全部用合金汽车保险杠打造的八足剑龙，还有一幅他们广告声称的"吐司面包制作的梵高自画像"。因为受到启发，回家后我们展开了一场为期长达好几个星期的雕刻吐司面包的狂欢，遍地都是面包屑。

根据我的手表显示，现在时刻是10：27。我本想10：15分就位的。可恶。

我冲上码头，希望能找到个藏身之所以监视机械艺术馆的入口。总算还不难。码头旁边停泊着"邦巴尼托"，一艘二战时期的美军潜艇，可供游客参观。

我付了门票，窜上甲板。那里闲逛的人也不多，我脑海里蹦出个幻念的轮廓：从潜望镜里查看45号码头——这样的监视应该不赖吧？不过还是不要那么高科技，早晚会有管理人员来把我赶走，所以最后我偷偷爬上指挥塔，躲在朝海的雷达桅后，静静观看。

两分钟后，维克特现身。他一定与曹是亲戚——同样的外型，同样的走路姿态，连孤独感都如出一辙；仿佛他是一城鬼魂中唯一的活人。

快到艺术馆时，维克特放慢了脚步。有那么心跳停跳的一瞬，我以为他也会像我一样登上"邦巴尼托"的甲板，那么整件事将沦为一场闹剧，以我在潜艇上从潜望镜到雷达塔四处逃窜而告终。谢天谢地，维克特决定走去艺术馆附近的区域，他走到旧金山博物馆的门口。

片刻后，两个身着制服的警察朝码头行进而来。我呆如木鸡。没可能那么凑巧就是昨天差点逮到我和爱玛的那伙人吧？不过……他们对我了如指掌的事实，令我感到毛骨悚然。

一只白色翅膀的海鸥，栖息于"邦巴尼托"正前方的炮管上。它扣下脑袋，目不转睛直视我。维克特溜进了城市博物馆，警员继续朝码头延伸处缓步前行。

曹出现了，步履矫健，仪表堂堂。他推门进入机械艺术馆。维克特立刻迈出城市博物馆，尾随他进门。

我心下暗骂。海鸥张开它黄色的尖喙，发出一声拖沓而粗蛮的噪鸣。"去你的，"我说，"我没打算跟进去，会被他们发现的。"

海鸥抖娑它的羽毛。

"何况那里还有警察！"我说，"天，拜托，理智些。"

海鸥在"邦巴尼托"的枪管上蹦跳了一阵，扑腾着翅膀，锐声敦促我。

"好吧！很好！随便！"我站起身来，绕着雷达塔的边缘移动，估摸着我幸运的维克特同学可能任何一秒都会从前门冒出来，还好他没有。我快步来到跳板。海鸥挤眉弄眼地看我从它身边穿过。"你是个混帐赢家。"我说。

没看到有警察的迹象。我用最快的速度穿过码头，忙不迭走进艺术馆。里面光线昏暗，看不见维克特和曹的影子。

笑萨罗，门口那个牙缝参差的女小丑，正呲牙咧嘴朝我乐呵，她挥舞着机械手臂兴高采烈地向过往人群示意；戴面具的强劲猛男，上次和维克特来时我和他掰过手腕；算命老祖母；一伙"奥开斯里特翁琴"的机械钢琴乐手，吹着口哨，配合锣鼓与长笛——凑成一组自动理发店四重奏；一张古老的弹球机械桌，来自

1927年的棒球游戏模型；还有，笑萨罗所在的入口处对面，有个坐在椅子上的侏儒雕像，他带着一脸乖戾的表情，就像知道自己会被大家嘲笑似的。

我保持低头的姿势，假装在包里摸索着，等待眼睛能够适应昏暗的光线。还有两个女孩与我一起呆在前屋，金发的大约十二岁，另一个深色头发的可能八岁。从她们斗嘴的腔调来看，我判断她们是姐妹。小妹妹想多花几个钢崩儿打拳击争霸游戏，姐姐则却热衷于理发店四重奏。

我所在的位置刚好能瞧见更里面的房间，瞥到身穿昂贵西服夹克的曹的后背。

我真不想被抓到。置身此地，我再次完全回忆起卡拉·贝克曼因为多管闲事而惨遭杀害的下场，身体不禁显现出怯场的症状——双手冰凉，胃里恶心泛滥，心跳过快。我一溜烟跑进艺术馆更深处，小心翼翼地逗留在房间的边缘。我蹑步到侏儒人偶旁边（依他的表情你绝对猜不到，他竟是一个爱尔兰幸运淘金小精灵），假意阅读椅子下方介绍牌上冗长的废话，实则把全部注意力集中在耳朵上，刚刚好能隐约听到曹与维克特的对话。曹的嗓音低沉有力，维克特的则尖锐而愤慨。

维克特："<嘀咕嘀咕>不知道？"

曹：<镇定>

维克特："<嘀咕>找出来！"

曹：<问题？>

维克特："<嘀咕>幸运身上，贝卡身上——他们所有人。你不会就……忘记。"

曹：<问题>

*

有人拍了拍我的背，我几乎 跃而起撞穿天花板。是那姐妹俩。我伫立在那里，脸色苍白，喘气不止，大概就像邪恶的皇后发现白雪公主依然活着时那样。

"我们需要硬币。"小妹妹说，举起一张一美元纸币。

姐姐看上去有些不好意思。"露丝儿，我肯定这里有换币机——"

"她可能会有硬币——"

"这不礼貌——"

我从钱包里抓起几个钢崩，塞进深发小女孩手里。"来，给你。"我环顾走廊，曹和维克特越走越里面了。

提醒自己：↓ 不要忘记这个

褐发小女孩又拍了拍我的背。"怎么?"我嘘声问。

"为什么你在房间里还戴着太阳镜?" *这就是我的主意总是*

不够好的原因?

我羞红脸,摘下墨镜。艺术馆顿时不再那么黑洞洞了。两个女孩交换眼神后,结伴走去了拳击争霸游戏。

我轻而易举进入艺术馆的第二个房间,佯装对一匹合金机械马兴致盎然,继续窃听。曹说得话更多了,他的语调沉着,也许甚至带着轻微的责难,不过他把声音放得很低。他的脸没正对我的方向,我只能辨认出只言片语。"八""肋骨"……"争吵",或也许是"打滚"……?

维克特冷嘲热讽说了几句,关于送慰问卡。

我猜他们一定是在谈论八仙餐馆门外的那场打斗,不过曹怎么会知道这些?

曹用警告的语调说了些什么,听上去像,警察。

"我会躲开警察。"维克特说。

曹向我的方向迈了一步,漫不经心检阅着陈列品。我迅速转身背对他,靠近研究机械马,就像准备跳上马背似的。

"不是普通的警察,"曹说,"特警。"

#

又有人按了我的后背。如果我是个卡通人物,我会把自己从天花板上剥下来。这次是十二岁的金发姐姐。"打扰。"她说。

"我没有多余的硬币了!"我嘘嘘道,"你们到底在这里干什么呀?难道你就不用去学校吗?"

金发女孩挑起了眉毛。"我们可没问你这个问题。"

"如果你想偷听,可以躲到中华里去。"叫露丝儿的深发女孩说。我眨眨眼,她向屋子尽头处的一个展品投去一眼。那是一座假宝塔,被厚实的黑绒窗帘包围起来,前面的介绍牌上写着:

询问　中华!

爱情!

财富!

幸福!

寻觅古代东方的智慧!

"你躲在窗帘后面就神不知鬼不觉啦,"小女孩解释说,"你就不会这么神经兮兮的了。"

她的大姐姐点点头。"露丝儿很擅长躲猫猫，我们以前都管她叫潜藏宝贝。"

"现在我们要去玩理发师四重奏啦，"露丝儿加了一句，"这次保证你偷听顺利。"

"嗯……谢谢。"

金发女孩咧嘴一笑，"没关系。喂，露丝儿，我让你玩场棒球赛！"

两人冲跑回了博物馆的前侧。我觉得自己就像个白痴，沿着房间边沿，滑步溜入了中华的黑色幕布。

那里理所当然地摆着个假人偶，不过他并非我想象中衣着华丽的孔夫子。这尊中华偶人是个满脸褶子瘦骨嶙峋的老头，眼中挂着狡黠的笑意，露出白胡子里的大牙。他一手持竹节鼓，另一只手拿着桃子。老头倒骑着一头白色的毛驴。我敢对着爸爸的坟墓发誓，前面刚走进幕帘时他的眼睛还是闭起的，可是当我在他身前的求解座椅上坐下时，他的双眼竟然睁开，意味深长地瞪着我。

时间缓慢下来。

一只机械眼皮朝我眨了眨眼。

时间停止了。

#

我脑海中的影像逐渐模糊，就像窗户蒙上了一层湿气：折纸老头。当铺。冥钞悉娑。厨房里的蹄声。

还有这里，现在，所有地方，幽幽的，桃子飘香。

#

时间重启时，曹的声音距离我不到五步之遥。"她们都必须死，维克特。"

他肯定站在黑绒幕帘的另一侧。我僵硬了。

"你的妻子，你的女儿。你约会的那个漂亮女孩，凯西，"曹惋惜地说，"他们都必须死，这你是知道的。"

"你就不能尽力阻止这一切发生吗？"维克特气愤地说。

"做什么都无法挽回。"曹走开了，向商店前方走去。"我明白这很伤人，但你最终会挺过去。每个人都这样。我并不赞成陪别人走到终点。开始那会儿，你觉得你能带给他们安慰，可是从长远来看，你最好明确离开一刀两段，让一切顺其自然。"

"你很擅长这招，不是吗？"

"至少还有你和我在一起，"曹冷冷地说，"这才是重要的。哦，那太煎熬了，维克特——你以为我不明白吗？你日复一日，注视着他们的眼睛，听他们说话，他们太愚昧了，根本不明白这样活着就和死了无甚区别。当然，出于礼貌你不忍心提醒他们……但我常常想，若非为了家族，我肯定已经疯了。"

"我永远不会像你那样。"维克特说。

曹大笑，"已经太晚了。"

他们的脚步声渐行渐远。过了一会儿，我听见艺术馆大门旋开，泄入一丝清新的空气和海鸥的叫鸣声。

我坐在大中华前，剧烈颤抖。你的妻子，你的女儿，你约会的那个漂亮女孩，凯西。她们都必须死。

…而你是知道的.…

"噢，我的天啊。"我低声叹道。

年老的中国人偶再次眨巴了下眼睛，齿轮嘎嘎转动起来。他的手伸了出来，握着一小卷廉价红蝴蝶结裹扎的羊皮纸。手指打开，这卷东西跌落在我面前，就像贩卖机器里掉出的糖果棒。我低身拾起它，开始解蝴蝶结，可是手抖得太厉害了，以至于有那么一秒钟我竟然打不开结。

黑色幕帘突然被拉开了。我四下张望，"拜托你们啦，小姑娘——下次记得带足硬币来……"我的声音戛然而止。这次不是那姐妹俩，而是刚才我在码头上看到的两个警察。

"维克丝小姐？"年长的开口道，"你被指控非法闯入民宅，以及涉嫌在刚毅生物科技公司办公室从事间谍行为。"

他们正是昨夜去维克特家的那两个警察。而现在不是黑夜，也没有茂密的竹林遮挡视线，所以我轻易就把他们的脸和声音对上号。年长的那人四十来岁，啤酒匹萨喂出来的松软体型，眼睛是百威啤酒的颜色。年轻些的警官，则是个标准的点餐前色拉加巴黎水的家伙：亚裔，身材一流，长得也很帅，一头有如超级剪发沙龙模特的发型。

"巴黎水"宣读了我的罪行，就像电视里演的那样。

"见到我们很惊讶？""百威啤酒"用他肥胖的手指抓牢我的手臂，一把拖我起身。我嗷嗷直叫。"轮到我来当坏警察了，甜心。"

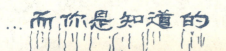

"上次当坏警察的也是你。""巴黎水"抱怨说。

百威开始向艺术馆的大堂踱步，拽扯着我跟在他身后。"真的吗？"他思索道，"似乎常常会轮到我。"

*

在离开码头两个街区的地方，"巴黎水"用劲把我推入一辆没有车牌的福特皇冠维多利亚的后座里。"我不是——嗷！——间谍！我去刚毅公司，是为了见我讨厌的前男友。请相信我！哪怕你们在我屁股上戳一针，我也搞不懂那些秘密的配方。" *间谍小说*

"你的生物学成绩很能说明这一点。""百威"赞同地说。 *非小说*

"你应该更加努力学习，""巴黎水"没好气地补充说，滑进前面的乘客边座。"你想找到好工作，就要把注意力集中在你的学业士。" *惊悚小说!!*

"你们读过我的成绩单？"我脸上的血色被抽空，留下一片寒意。"那你们还知道我住在哪里。你们今天怎样找到我的？你们把跟踪器装在我车上了？还是我的衣服里？"

"巴黎水"扭头瞪住我，"扣上你的安全带。"

"百威"开始驾车。我的心就像一只闯入雷区到处乱撞的小兔，每个新想法都引发不同的羞愧与恐惧。我能想象到妈妈接到警察电话的场景，她不得不给医院打电话取消值班。然后她发现车也不见了——被抛弃在5美金一小时的停车场！——于是她只能打车前往旧金山。上帝啊，她肯定会发疯的。

还有，失望。

几个月来，这是我们第一次有了真正的交流，今天早上的法国吐司时间。然后转眼却成了这样。我能预见她到达警局时，脸上的扭曲和嘴角的苦涩。她那个毫无责任感的女儿，再一次带给她一场代价昂贵的灾难。

"百威"开上了凡尼斯大道，切换进101国道后又驶入80号高速公路。

咦？

"我们去哪里啊？我是说，刚才不是路过旧金山警局了吗？"

"你的犯罪地点不在旧金山。""巴黎水"说。

"难道你们不是旧金山的警察吗？没理由啊，否则你们怎么能够穿着制服在旧金山的大街上招摇过市呢？所以我以为要去的是旧金山警局。""百威"从出口又上了280公路。"你们要带我回家跟我妈妈谈，是不是？"宽慰淹没了我的感官，我让自己陷入皇冠维多利亚的座椅中。虽然我并不期待此时与妈妈谈话，可那总比被逮捕强—— *差一点！*

等一下。

——为什么旧金山的警察会因为圣荷西的一次入室行窃，而跟踪一辆来自百灵锦的车？"你们不会真是圣荷西的警察吧，对吗？可是假如你们已经有了我的住址，为什么不找到房子时就直接来敲我家的门呢……？"我的话音落了下去。280号公路在我们脚下铺展，如同一条灰色的河。"你们不是要带我回家，是不是？"

没人回答。

"请让我看看你们的警徽。"

"巴黎水"转过身，坐在前座上注视着我。"如果我向你出示一块我今天早上在玩具反斗城买的铁皮，你也分辨不了。"

"不管怎样，我就是想看看。"

没有回答。

我们开过了百灵锦的出口，"百威"继续在280号公路上行驶。害怕的感觉，引得我的肚子里一阵阵泛着恶心。

"这和维克特有关，不是吗？还有我们不是去百灵锦，我们是去圣荷西。我们正在回刚毅公司。"

为什么他们不给我看徽章呢？

"你们是真的警察，"我喘气道，"你们有真的徽章，上面写了名字或身份证号码，或其他什么的。你们只是不想给我看。因为你们在做一件不好的事，"我说，"这根本不是警察的工作，刚毅公司给钱让你们带我去。"

"巴黎水"又转过身来。"呀，维克丝小姐。如果你说的没错，那就意味着我们不会让你把这趟行程告诉任何人。永远。"他的眼睛黑得就像左轮手枪的枪眼。

"百威"叹了一口气。"结果还是你做了坏警察。"

108.

*

我们开过了刚毅公司的出口。"喂，"我大叫。没人应答。几分钟后，我们离开了圣荷西市的辖区，继续南行。"你们不能这样做，这是绑架。"

"我们更倾向于认为这是快递包裹。""百威"说。

闪过肩头的绿色公路牌上，显示着到达基尔洛、霍利斯特、蒙特利的公里数。

蒙特利。人们发现冲上沙滩的卡拉·贝克曼的尸体的地方。

"你们哪个有姐妹吗？"我问道，"或者小孩？我从没有过姐妹，我是唯一的孩子。我爸爸去年死了。"我的声音打颤，冷汗淋漓的手掌几乎撑不住皇冠维多利亚的塑料车垫。我碰了下"百威"的肩头。"他大概就是你的年纪。"

"我在琢磨，今天晚饭吃什么？""百威"若有所思地说。"你知道我想吃什么吗？鸡肉意大利干酪。"

"我会给你钱，"我说，"我会给你一切你想要的，只要让我下车。"没人应答。"我才十七岁，我什么都不懂。我不知道维克特在哪里。我也不知道他在做些什么。他和我只是泛泛之交。你们不会想这样做的。求求你。你们一定有姐妹的，不是吗？或者女儿？你们能想像日复一日没有希望的等待吗？整天挂念是否会再次听到孩子的消息？求求你，不要做这样的事。求求你！想想那会是怎样的情境吧。"

"百威"在座位上坐直了身子。"我要打开那该死的收音机。"

"巴黎水"别过脑袋，直面我。"我们非常清楚那是什么样的事。"他说，"你明白吗？我们知道电话不会再响了。我们也知道后来尸体会是什么样的。我们确实不能让那样的事发生……在我们身上。懂吗？我很抱歉，维克丝小姐。真的很抱歉。不过假如是你的爸爸必须从你和其他女孩里做出选择——他会选你的，对吗？"

"我爸爸绝对不会把任何人送上死路——"

"没人要求你爸爸做出这样的选择，""巴黎水"心平气和地说。"不过假如他必须选，假如他非选不行，他会救你的。因为他爱你，这我敢肯定。困难的事是……"

"他应该呆在你身边，""百威"说，"应该把他自己照看得更好。他不该离你而去。外面的世界很辛苦，谁也无法保证一个没人照看的女孩会遇到什么灾难。"

"求求你了。"我低声哀求。

"关键是，""巴黎水"的口气有些伤感，"我们并不爱你。"

*

包围着圣荷西的群山一片光脊，只有一些湿露的野草，翠绿得有如青蛙的后背。可是三十分钟后，公路向西延伸，风景变得愈加深沉，蜿蜒于海岸山脉连绵不绝若有若无的峦峰中。这里的山峰上荫蔽着蒙特利松树和梵高柏树，下层尽是蕨林和有毒的橡树。快到普鲁尼戴尔市时，我们从高速公路转下一条狭窄的小路，崎岖颠簸地朝秘密山峰的深处前进。

道路盘旋曲折，眼前闪过空白的山野，随后是依稀可见的柏林灌木。我开始晕车了。如果我在福特车红色豪华车厢里吐得到处都是，那就正好上演了一场启斯东警察（注：Keystone Cops，是默片时代的一系列喜剧，主角是一群笨手笨脚的警察，在美国成了笨警的代名词）的闹剧。

……实际上，这真是个好主意，会满地都留下我的DNA线索。"百威"和"巴黎水"将不得不去洗车，也许某个洗车行伙计会留意他们的到来。

"我觉得不太舒服。"我说。

"你当然会，""百威"说，"听好，宝贝，该发生的还是会发生，你挽回不了——"

我把手指塞进喉咙里。"呜，喔。"我呱呱叫喊。"巴黎水"转过来看我，我呕吐出一大堆秽物，特地留心把一部分弄到了车前座上。

"百威"骂喊了一连串话，那种有线电视上被禁止的话语。

我再次反胃。这回我特意弯腰，好好在座位底下喷吐了一番，令他们必须很困难地用香波擦洗才行。兄弟，试一下把证据都擦干净吧。我坐起来，一边喘粗气一边吐唾沫星子。

"百威"停下了车。"你，出去把车弄干净。"

"不，"巴黎水说。"如果她打算逃跑，我们就只能开枪了。"

"我保证绝对不逃跑，"我假意说，"老兄，这车太恶心了。"

"百威"又咒骂了几句，继续开车。他放下了全部四扇窗子。"你给我添了大麻烦，凯西。"

"很好。"我说。

*

经过一连串艰难的刹车和转弯，二十分钟后福特车终于稳稳爬上了一座铺满高大树林的斜坡。通常情况下，在一辆充斥着新鲜的呕秽气味的车里呆上二十分钟，漫长得就像永生永世；然而当你想到，这趟行程的终点也许是死亡，时间又短暂如飞逝。

我的手心不停冒汗，心跳亦快猛，纷纭杂念如砸碎温度计后的水银到处翻滚。起初，妈妈会以为我离家出走。她会大光其火，伤心不已。然后日子一天天过去，电话铃声从不响起。当她的怒火消耗殆尽后，取而代之的是恐慌。她会为我的行为而深深自责，妈妈有这个习惯，她只会在我干的坏事里看到她自己。我依然记得，以前当其他大人对她说一些赞美我的话时，她是如何回答的，"这和我们没关系！凯西生下来就是那样的。"然后她会像看一件上天赐予的礼物般注视着我，好像她从来就配不上我，拥有我是她的人生大幸。

我想到爱玛蹑手蹑脚走入她公寓中的健身房，满脸不乐意地看着镜墙中的自己，然后开始琢磨如何使用划船式健身器。我想像她加入了一个划船队，练成肩部肌肉，还学会戴很酷的安全太阳眼镜，也许她会遇上一个喜欢聪明女孩的运动员。太不公平了，我永远都看不到。我永远也看不到她的比赛。

脑海中迅速闪过这些镜头的同时，还有子弹射穿我的身体或头部的画面。爷爷以前有本《生命》杂志的影集，里面有一张照片来自越南战争，警察开枪射穿一个叛军的脑袋。小小左轮手枪顶在他耳边，他的整个身体在死亡面前，瑟瑟畏缩。我的眼前不断出现这样一幅画面：在停尸房里妈妈掀开盖住我脸部的床单，发现我的头颅如同跌碎的晚餐盘被砸得稀巴烂。我竭尽全力让自己不去想它，可是可怕的念头就如小虫包围着火炬的亮光，嗡嗡扑撞，不断在脑海中盘旋。

我们转上一条车道，车子停在白色云石巨墙中的一扇完整的圆形大门前。越过大门，我能看见一条模糊难辨的小路，通向黑色的松树与雪杉森林。福特车卷起一片尘土，弄出呼哧呼哧，乒乒乓乓的响声。我悄悄让手袋中的海豚手机滑落出来，按下爱玛号码的快拨键，把它推到了福特车的前座底下，留在那儿当成现场麦克风。希望它能把接下来发生的任何事，全部录进她的语音邮箱。

片刻之后，一个年轻的亚裔女人穿过了大门，她如同一只猎豹，警惕地，不安地，向我们走来。她穿着一件白色真丝夹克，宽大的黑裤，墨镜的颜色如同潮湿的沥青。在她臀部的银链上，悬挂着一只手机和一把象牙柄的折扇。

我和警察迈出皇冠维多利亚。在臭烘烘的车里呆了太久，感觉外面的空气清新中不乏一丝凉意。"百威"手搭驾驶座的边门站立，把车身挡在他自己和豹女之间，一阵微风吹起她长外套的下缘，轻拂她的前留海。她注视着我，眼神萧瑟，如一场飘零的大雪。

"好了，君，我们的事干完了，对吗？""百威"说着，瞪着尘土满地的路面上，掉落的雪杉针叶。"大家都知道，我们与这事没关系了。"

豹女说："你们的事结束了，我保证。"

她转向我。"来，吕祖正等着。"

*

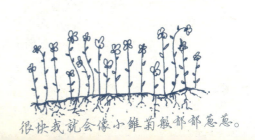

很快我就会像小雏菊般郁郁葱葱。

大门内，一条污泥小路消失在黑暗的丛林中。参天常青大树塔立于我们四周，杉树、柏树，还有道格拉斯冷杉。它们瑟瑟摇曳，如同拔地而起的巨型高塔，树根有下水管道般粗壮。青苔就像黯淡的肿块，从根干处鼓出，这些树难以置信的高大，茂盛的树冠密不透光。抬头看，我觉得自己就像跌入了一座绿色深井的底部。

我必须加快脚步才能跟上君，一路小跑，几乎要碰上在她臀部摇摆着的象牙柄扇子了。沉重的脚步声如擂鼓般，伴随我们穿过看不到尽头的树林，我又一次有了那种感觉，时间打开了大门。心中越来越安静，思绪放空；到了后来，尽管我的肢体依然保持移动，感觉上豹女和我就像静止地矗立着，而森林化作一脉深邃的褐色洪流，无穷无尽地把我们包围在中央。

*

前方出现了光亮。我眨巴眼睛使劲摇头让自己清醒。道路延伸向陡峭的山顶。我们之前一直行进在深谷中，现在才开始爬向山脊。树木越来越矮小，而光线则愈发明亮。君爬得相当轻松，步伐轻盈而矫健。我跌跌撞撞跟着她，一边喘息一边出汗，心中念叨着我应该用更专业的腋下保护爬山装备。

君已经站在了山脊上，等待着我。我绊倒了，双手撑在膝盖上，大口吸着空气。呼吸间我望见了四周连绵不断满是碎石的山坡。比起之前从福特车窗户所见到的，山地更加崎岖不平，尤其是上坡路上，锯齿状的土丘包和光兀的大块山岩高高耸起，有如山峰的残破的利齿。

从此地开始，路径再次明显起来，碎石中凿刻出一条宽敞的轨道。它有一个弯道，直通巨石大门，门后能看到高墙和雄伟庄园的屋顶。高低不平的斜坡，折射着雪亮的花岗岩石块与雪衫树，仿佛这座庄园是岩石地貌的组成部分，如同山峰一样破土而出。在它的右侧，一川银色瀑布从矗立的花岗岩石表面倾泻而下；瀑布边上，光不溜丢的山崖缝隙中，窜出几株盘根错节的松树。

离开瀑布不远处，水流聚成一洼深潭。一条山溪从跳出池水，向着山腰流去。当我们走到山路形成的一座小石桥的地方，我在水边蹲下了身。小溪的水速虽快，不过很清浅，在石床上撞击起一波波冰凉的水花。

"喂，"君厉声说道，"我们不能让吕祖久等。"

"如果我们闻上去很恶心，就可以让他等。"留下好的第一印象的关键，就是要充满自信。休想指望让我带着一身有如在热水瓶里搁置了一个月的臭味，去面见一位可能会要了我小命的老兄。我掬起满满的两手溪水，冲洗了我的嘴巴。

接下来，再喝了一手水。然后我拍打了脸颊，拢上头发。"好了。"我说。

一个小女孩，大约八岁模样，摇晃着从溪水上游向我们走来。她的臂弯里捧着一大束清水百合花。"你好，君！"女孩开始小跑，她长了一张亚洲人与黑人混血的脸，衬衣与长裤都湿了，当她跑到我们面前时，女孩一边喘息一边咧开嘴笑，水珠滴滴哒哒落下来，她开心极了。"哇，君！你带了外面的人回来！"

"你好，小妹。我告诉过你不要再弄湿自己！你这样又会着凉的。"君训斥道。

"我在给爸爸采花！"

"别找借口！跑回去告诉爸爸，他的客人到了。"

"所以我成了客人了，现在。"我说，"这听上去还不错。"

小妹撒腿往山上跑去，紧紧揣着她的百合花。君目送她走远。"告诉我，凯西……你更喜欢哪个：丝质的鲜花，还是真的花？"

她是怎么知道我的名字的？"真花，我想。"

"我爸爸也是。"君的声音有一丝苦涩，"他应该考虑下这个。"

#

庄园的大门极其壮观——两根大理石圆柱，被雕凿成两棵盛开的桃树，在巧夺天工的斧笔下，似乎下一阵微风就会挂落娇脆的石头花瓣，托起它们在风中旋舞。每棵桃树的底部各有一头白色云石雕刻而成的老虎。"它们长得真像，难道有血缘关系？"我问道，眼角瞥着君。

如果她觉得我的笑话很有趣，那她藏匿得真的非常好。

大门内，院落中一片热火朝天。身穿裁剪优雅的西服的青年人在花园中一边踱步，一边用对讲耳机交谈着。大部分对话都说的是中文，不过偶尔我也能听到只言片语的英语，话题似乎是关于钱。

除了小妹之外，所有人都是中国人。

君的手机响了，在她人腿处振动不停。她不管它。"当他向你提问时，你就回答。不要试图说谎，他总能看穿你的谎言。反正很可能不管怎样他都要你死。"她瞪着我，仿佛那是我的错似的。"当然，你也不必非让这发生不可。注意你的态度，不过不要当懦夫。他根本不理会胆小鬼。"

"嗯，多谢。"

"别以为我喜欢你。"君说。

一群咋呼的女佣对我指指点点，反复打量，热烈地相互交谈着，直到君的目光如同老鹰般威严地扫过她们，才安静了下来。"真丢脸，"君喃喃道，"这座房子，竟然已沦落为偷鸡摸狗走后门和杀害小姑娘的地方。"

"妈呀，那真让人难为情。"我说，"喂，我有个伟大的主意。你为什么不让我走呢？我知道，你认为这样做是错误的。让我走吧，趁现在，还没发生什么让你我都会后悔的事之前。"

"若要人不知，除非己莫为。也许我爸爸已经忘了这句话，可我还记得，"君酸楚地说道，"无论智慧还是愚蠢，我都效忠吕洞宾家。我不会背叛他。"

那我妈还老是认为她有不少处事原则都从我而来呢。"这个吕祖——他不会碰巧喜欢折纸鸟吧？"

她薄薄的嘴唇绷紧了。"还倒骑一头白色的毛驴？"

"当铺里的老头！"我说，"曹的朋友是吕祖？"

君吐出一连串字眼，我敢打赌你绝不能在中文的有线电视里说。"张果老——那个多管闲事的老混蛋才不是我的爸爸。我本该料到迟早会发现这个老胡子会来插一手。而且他和曹也谈过了，"君怒道，"就知道他会这么做！"

我们转入一道门，进入一个我觉得像是内宅的地方。石板地面上，随意铺着几块简约的地毯，墙也是石质的，杉木横梁高悬。每隔几码，我们就会路过雕砌成虎型的石灯，从铁钩上垂挂下来。我心中暗想它们晚上的模样，当浸满油的灯芯被点着时——从雪亮的利齿中燃起白光。

君走入一条通往内宅后方的过道，皮靴铿锵有力地踏在石板路上。"他在祠堂里。"除非我完全搞错了方向，我们正笔直向着山内走去。过道似乎越走越窄，越行越黑，地上的毛毯与墙上的挂灯也愈发减少了。我能感觉到岩石的重量压迫下来。

我们来到一道雄伟的门口，两侧依然分别矗立着一株石雕桃树。君打开门。门后是一间高大无光的石室，尺寸在小型大教堂和巨型陵墓之间。和大教堂中一样，两面的墙上都刻有壁龛，房间最里侧的几座壁龛是空的，其他靠近我们的每座都供着玉柜以及一个小火盆。我数了数共十九座，右边十座，左边九座，所有的火盆都在燃烧。木炭上窜腾着忽明忽暗的火苗。混沌的空气中，燃烧的裂破与焦兹声此起彼伏；爆裂与灭息声忽远忽近，就像恍惚的话语。鬼语，我心想。死亡的声音。我想……然后他……我不明白……我想告诉你，告诉你，告诉你……

石室背后传来孩童的笑声。"你在这里等，"君说道，紧绷着嘴唇，"他在没和小妹说完话前是不会想见我们的。"

当她向前走去时，也许我该试着撒腿狂奔。我向离我距离最近的一座神龛凑近几寸。火盆里的焦炭跳动着忽明忽灭的火苗，微弱的红光甩上玉柜的边缘。根据本人一生中每周六早晨看卡通片的经验，我猜我期待看到每个神龛里都藏个百宝箱；古代钱币，珍奇匕首还有各种金玉首饰。很显然，任何放在玉柜里的东西都是正宗古物——难以形容的古老——可是它们同时也是一些奇怪的日常用品，是千年前某个生命的残余。一把平淡无奇的铜质餐刀，一个裂口的石罐，一只衰败的蘸染墨水的浅口盆，似乎略加擦拭就会粉身碎骨，灰飞烟灭。三粒小骨扣，也许是来自小孩的外衣。一把破损的琵琶，侧面有火烧的痕迹。

君的声音从神龛室的另一头响起，甩出几句愤怒的中文。

我找到了一只小玉盒，稍微摇晃了一下，里面发出哗啦哗啦的轻响。我抽开封口，朝火光倾斜，窥探里面的玩意。全是婴儿的牙齿。我猛地合上盖子，发出了意想不到的大声，响声在空旷幽暗的石室里回荡，房间另一侧的交谈声安静了下去。

片刻之后，急速的小孩脚步声在黑暗中向我走来，那个被君称做"小妹"的女孩出现在我面前。她咯吱一笑，"你好！爸爸现在想见你。"她朝我招了招手，冲回内室的大门。

君和她的爸爸在最远处靠左侧的神龛前等我。这里的遗物更为现代些：一辆金属玩具拖拉机，一顶黄褐色调军帽，正中还有一颗红星，一本红色小书，一块带血的棉花团，一个用过的子弹筒以及一枚空子弹壳。君背对着玉柜而立，面无表情。在她身后站着一位老者——我猜他就是吕祖——他手持一块塑料照片框，注视着褪色胶片中一个站在工厂地板上苍白的中国女孩。她穿着廉价的破鞋，衣衫褴褛，唯一的装饰是脸上无比甜蜜而腼腆的笑容。老者缓慢地把照片放回玉架上，转过身来。他扣手微微鞠躬，"你好，维克丝小姐。"他的白胡子梳成三个尖戟。他就是那个中国老绅士，我去八仙饭店见维克特那天离开的时候遇见过的那个。

"是你！"

他微笑了。"是我。"

所以眼前此人就是吕祖，他不知用了什么手段挟持了"百威"和"巴黎水"，或至少是让他们自愿提供了一次自由职业的绑架。我回想起维克特的日程表上的记录——晚7点新主席。"你是刚毅公司的总裁。"我吸气道。

君说了一些中文话。

吕的脸上露出一丝顾虑，他拍了拍衬衫口袋，取出一件类似小折扇模样的东西。"我的女儿说你和曹谈过了。你没告诉他你的生日吧，亲爱的？"他弹开扇子。只是这并非折扇，而是一把刀。

"我没打算伤害你，"他说，"至少还不是现在。"他朝我走来，我忙不迭后退。"君？"

她抓住我的手腕按在我身侧。她的动作非常有力，我想过要踢倒火盆，可我没那样干。时间缓慢了下来。老人握着刀子向我靠近，刀刃上红光摇曳，如同镀上了一层闪烁的油脂。我的心几乎跳到了嗓子眼，亢慢得有如葬礼上的鼓声。吕触碰到了我牛仔夹克的边缘，他把我的前襟捏在五根手指里。布料缓缓褶皱起来，摩蹭着我脖子上的皮肤。我的心跳无比猛烈，胸中作痛。"你要干什么？"我嗫嚅道。

他割下了我牛仔夹克最上方的纽扣。"留个纪念品，"他说，"以防万一。"

"以防什么万一？"

他停顿了，侧过脑袋。"曹会喜欢你的。君，你不觉得曹会喜欢她的吗？"他伸手摸到我头发里的一缕发结，把它拉直。时间愈加缓慢了。刀光从我眼前滑落，切下。我能感觉头发在刀刃上摩擦如同绳索撕裂。

老头退开一步。他把我的纽扣和发结收入了衬衣口袋，折起小刀放在了一边。君松开了我的手腕。我的心跳依然加速，剧烈撞击着我的胸腔。

君果断地转过头。"我想我听到了些什么。"

老头的眼睛四周闪烁着红光的阴影。"我猜那是维克特。我的手下看到他跟踪了带你来的警察。他上了他的车，跟你到这里。"

新一轮的恐惧在我心中燃起，就像胸里划着了火柴。"这根本就不是因为我去了刚毅公司。你想陷害的是维克特，而我只是诱饵。"

君抱手在胸前，凝神细听。

我屏住了呼吸。火盆中的木炭嗞嗞作响。终于，我也能听到了——低沉的叫喊与打砸声。紧接着，一声尖锐的"砰"的爆竹声。

君开始朝门口跑去。"等等，"她的爸爸说，"家人知道该怎么做，他们会放他进来。"

君在门后的阴影中选好站位。她从腋下的枪套中抽出一把枪。在这场性命攸关的疯狂中，我发现自己竟然盯着她的夹克，心中默想，这衣服的剪裁还真不错。

"如果有人受伤——"她开始有了动作。

"——什么都不会改变，"吕厉声说道，"从长计议，见机行事。"

陵墓大门被撞开。吕祖用手捂住我的嘴巴。维克特的轮廓伫立良久。他大口呼吸着，前额挂着血滴。"凯西？"

时间逐渐凝滞。

君从暗处现身，两个大跨步，她的腿就像剪刀的锋口。这个瞬间如同望远镜般打开。她举起了手枪，我能听见轻微的扣扳机声。然后她朝他开枪了。一颗铜质子弹从她的枪口笔直飞出，维克特的衬衫上出现了婴儿拳头大小的一片烟熏，正中有一个黑洞。

然后是巨响，震耳欲聋的一声"砰"，在石墓室里激荡回响。当最后回声逐渐消散，我能听见子弹哗的滚落在石板上，叮当，停住。

维克特摇摇欲坠，背靠在门框上。我们相视了。"我告诉过你离这些远一点。"他说。他听上去伤势严重。他开始咳嗽。血从他的嘴角渗了出来。

君又朝他开了一枪。

他蹒跚跌撞到边道上，在第一座神龛前倒下，那座供放装有婴儿牙齿的石盒的神龛。火盆里的红光淡淡得笼罩着他的全身。

*

另一发子弹从君的枪口中射出，火热发亮的铜弹。子弹飞到弧线的最高位置后，慢慢滚落到地板上。叮当，卡啦，砰。黑暗中，我被咝咝燃烧爆破的木炭包围，嘴巴里有爆竹的苦味。

*

君的夹克的边缘刷过石板，她屈膝跪坐在维克特的身体旁。一只手上依然拿着枪，她用另一只手按住他的脖子，查看是否还有脉搏。

维克特的手蜷曲在火盆脚下。我的心脏停止了跳动。

君的瞳孔放大了，她企图再次向他开枪。

突然，维克特的身体如同卷缩的蛇般弹起，君再次把扳机拉到自动档，又一枪射入了石雕里，一块石片从维克特身边的地板上飞起。维克特用火盆砸向君的头部，火红的木炭撒向空中，君的白色夹克上出现了焦黑的划痕和污点。

吕祖放开了我的手。

我的心跳再次恢复。

时间加速。君撞向石板地面，她的枪飞掠而出。火红的烧炭如烟火般雨落，在地上敲打出一片烟尘与火花。空气中弥漫着头发烧焦的气味。

维克特一边咳嗽，双手撑膝直起身体。"喔，我的上帝啊，"我急速呼吸，"你竟然还活着，这不可能。"

我身边的老头也被震惊了。

君四脚朝天躺着，她扫视四周，瞥见地上的手枪，挣扎着去够它。维克特抓起火盆里倾倒出来的铁栅网，紧裹手指以至于肉都鼓出了网格，如同烤牛排一样滋滋响。他俯冲向君，猛然把铁网按向她即将抓到枪的手上。她急拉回来，不停咒骂，右手如同烧伤的蜘蛛般卷缩；蛇形的左手，从背后亮出一把蝴蝶刀。如同魔法师放飞白鸽那般，她突然打开匕首，在一片赤红的火光中，只见一片挥扬飞舞的刀翼。

维克特伸手去抓枪，可是没能成功。君一脚正中他的脑袋，踢得他飞出数丈，他的身体砸进玉神龛里，老古董们从它们的小房间统统震翻出来。一只陶土罐绊倒敲碎在地板上，吐出它奇怪的珍藏：一条又黑又软的长辫子。

"住手！"我身旁的老头向前冲去，我也紧跟在他身后。

维克特拾起从神龛里掉出的铜刀，双手微微颤抖。君站在两步之外，她手上的蝴蝶刀在昏暗的空气懒懒地划了几个圆圈。"爸爸不喜欢你碰家族的珍宝，"她说，"如果我是你，我就把它放下。"

"我不认为我会那样做。"维克特瞥了眼他的刀。它根本算不上是武器，不过是把千年没磨过的迟钝的铜刀而已。维克特的胸口随着笨重的呼吸起伏。"娜西，你没事吧？"

"吃枪子的人又不是我。"我忍不住观看他衬衣上那两个整齐的枪洞。

"别为他担心，"君说。"他会没事的。对吗，维克特？"

维克特又咳嗽了，夹杂着激烈的咕噜声，随后往地上吐出一口鲜血。"闭嘴。"他说，"我可不介意打女人。我是个不拘小节的男人。"

"你真现代。"君说。

维克特带刀向她跃去。他的速度快到令人难以置信。然而她却比他更快。一叶白光，与一对闪动的蝴蝶银翼。然后他们交换了位置，维克特的脸侧出现一条红色的口子。"我也不介意打男人。"君说。

维克特用手指划过他带血的面颊，"我能看出这一点。"

吕祖跪在倒出黑辫子的破罐子旁，维克特朝他跃去。君一脚踢中维克特的侧脸，他如同沙袋一般瘫软下来。老人甚至懒得抬头看。

"我提醒过你，别碰我爸爸的神龛，"君说道，"死去的人会让他伤感。活着的人，就没那么容易了。"君瞥见了我，"喂，凯西，去看一眼你男朋友，告诉我你见到了什么。"

维克特脸上的刀口停止了流血，他握着铜刀的手上只留下了褪色的炭痕。他应该已经残废了才对。还有，枪击过后，他应该已经死了。

他应该已经死了。

他应该已经死了。

*

图形与背景间的逆转原则：突然之间，世界颠倒了。

噢。我的老天。

*

也许我说了一个你不能在电视上使用的字眼，紧接着的是："维克特，你出生在哪一年？"

"夏季，"他说，"六月中旬。"

君大笑。

所有我以为我知道的都是错误的。我感觉不适。"那是哪一年，维克特？"

"我正忙着呢。"维克特说，继续与君对峙。他环视四周，搜寻更好的武器。

"你从不生病。"我说，"你从不着凉，你既会开飞机，又会使用显微镜，你对一战了如指掌就像你亲历过那样。"

"你的确有双不错的眼睛。"君说道。在她身后，吕祖扶直玉柜，小心地把罐子的碎片放回原处。

维克特大吼一声，冲着君的双眼就是一刀。她翻身倒立踢出扫荡腿，单手撑地打转。这脚踹得维克特凌空飞出，就像从割草机喷出的杂草。他重重摔入石板，肋骨发出凄惨的折断声。

十分钟前，我还会为他担忧。

"维克特？你究竟哪年出生的？"

我想起了吉赛尔与小贝卡。那些四十年代的发型。那不是从戏服取景地经过电脑后期润饰的照片。它拍摄于一处亚洲的海滩，在老挝和越南诞生之前——当时那里尚属于印度支那。"曹只说了一半的谎话，是吗？你的确抛弃了所有你的女人。原因并非你的死期将至，而是因为你是不死之身。"

"曹说维克特快要死了？"君仰天狂笑，"无论你喜欢他还是憎恨他，必须承认曹是有脑子的。"

那些财富又是怎么回事呢？别墅，飞机，名画……维克特曾经告诉我这些全都属于他的叔叔，可我看到过房产缴税通知。维克特和他神秘的叔叔完全是同一个人。正该如此。没有哪个叔叔会因为侄子谈场恋爱而买回一幅夏加尔的画，也没有哪个年轻人能有那么多钱。

不过，假如说他是一个看上去年轻的老人——一个年老到足以在世纪变革之时买下矿产股票的人……"维克特，"我说。"你到底哪年生的？"

"1885年，"他狠狠地说道。"好了，满意了吧？1885年，内华达的康斯塔克淘金热（注：Comstock Lode，1859年在内华达州发现的巨大金银矿，吸引了无数采矿者和淘宝的商人。）的尾声之际。就这样。我告诉你了，现在怎样？"

吕祖正在研究地板上散乱的黑发。他试图轻轻撩起柔软长辫的底部，可手指刚碰到，它就散成灰烬。他把黑色的烟尘归拢入手中，倒入破罐中。完成后，手掌都黑了。他在裤子上擦拭双手，然后停止了动作。当他最终转眼看向维克特时，目光阴郁得仿佛见过太多的屠杀，仿佛他就是幕后的策划者。"它对我很珍贵。"他说道。

*

烧炭从倒翻的火盆中一块接一块跌落地面，摔得粉碎。

我蓦然间想起一段有关爸爸的回忆。应该是在野营吧，因为一片漆黑中，我们坐在湖边的一摊篝火旁。我心不在焉地听他说话，被火堆变幻的微弱光色分了神。火舌在糙暗的木柴上舔出一道道焦黑的纹路。没有我们，这个世界不过只是物质而已，凯西。是我们的观看赋予了它们意义。关注是画家神圣的职责，那才是真正的祈祷，真正的冥思：用关注的感官火柴，点燃世界的真意。

火星跳升，风拥入怀，每个勇敢的闪耀都是一道流星，在苍茫中划出一条细微的弧线，消失不见。

*

"物转星移，生死有命。"君一眼地说，瞪着她的父亲。"甚至小妹都会死。你是知道的，你见过血样测试了。这令人伤心，的确，但这就是自然之

120.

道。"

吕说："那么，自然之道就必须改变。"

维克特佯装用匕首攻击，君的刀光飞舞，维克特猛地撒手，已然见血。"竟然连你也不愿意顺其自然。"她说。

"我看过维克特的研究，"吕说，"以如今前沿的科学，改变是有希望的。"

"科学！"维克特又喷出一大口鲜血。"老天，在我整个人生中，再也没做过任何和实验室科学同样无趣的事情了。就像看一幅油画晾干——极致的小心。就和当军人一样无趣，也就是说——"话说到一半，他再次跳向君。君旋转白夹克抵挡住攻势，随之退步，从他的肾脏部位抽出蝴蝶刀，人肉的舔血声。维克特惨叫着屈膝倒下。

"我不知道。做一名军人的确相当沉闷，"君说，"当你已经无畏死亡时。"君在维克特后背的衬衣上擦掉血渍。"告诉凯西，吉赛尔的下场。她一直在嫉妒，活人似乎不应该吃死人的醋。"君说，"不过也不绝对是。"她的脸上不带任何表情。

"吉赛尔死了，"维克特疲惫地说，"就和其他人一样，丧命于1948年的一场车祸。拍那张照片后，过了才几个月。"

"多么合乎时宜。"君说。

我飞转过身，"闭嘴！"

"不——她说得对，"维克特说道，"可怕的部分是，当我接到医院电话时，简直悲痛欲绝。心肝俱裂。可连话筒尚未挂下，我就明白这也是上天的旨意。"

我目不转睛盯着他。

"这件事赐予了我时间，凯西。年复一年，与贝卡在一起，终于和以往不同，不像与潘妮或卢卡斯或是沈那样，这次我不必离开。贝卡还那么小，而且小孩，你也知道——他们都希望自己的家长永远不变样。"

"妻子就比小孩更挑剔些，"君说，"她们不那么死心塌地。"

维克特被砍伤的手上，鲜血已经止住了。"当然，我也知道不可能一直这样下去，哪怕是与贝卡一起。我从不在家里放置任何照片，我经常因为出差离开。可是一旦小女孩进入青春期，她开始思考身体以及身体发生的变化。

"或是身体不发生变化。"君说。

"我送她去和我姐姐一起住。我有很恰当的借口，"维克特说道，"那是1961年，所有人都预见印度支那就要见鬼去了。"

"弗朗西丝？"我猜测道，"你的姐姐是弗朗西丝？所有那些信……？"

"你把那些也拿走了？"维克特瞪住我，"你又去过我家，再次翻查了我的信件？"我脸上变色。"难道你就没想过，也许我有足够充分的理由，希望保持我的私密生活？"

"我想过。可我不在乎。"

"维克特还能做得更糟。"君说道，"他也能下决心告诉你他的秘密。当然，他绝不会顶着被其他任何人发现的危险——那将意味着一生被捆绑在某个实验室的研究台上，每日捐献细胞组织的样本。如果他告诉了你，他就必须带你去一个安全的地方，秘密之所，把你安置在那里，连同你们所有的小孩，过一辈子，"君说，"然后，切断你与其他同类之间的联络。你将看着自己的皮肉日愈凹陷，骨骼年年疏松；然而他却连一天都不曾衰老。你会变得丑陋、孤僻而凄荒，然后在此期间他对你说的一切，不过是他爱过你。就像那会带来任何安慰似的。"

吕祖注意到他的女儿。"现在不是讨论这个的时候。"

"现在正是时机。"君说道。

维克特真有可能生于1885年吗？旧金山遭遇大地震时他就该21岁了，29岁时一战爆发，54岁时希特勒入侵波兰，几近60岁时遇见吉赛尔，与法国的抵抗做斗争。他依然貌似二十来岁。

维克特看着老头。"现在怎么样？"

"你来为我工作，你一开始就该这样做。"吕耸耸肩，"与死亡战斗是我的热情所在，维克特。那就是为什么我创建了蓬莱。那就是为什么早在卡拉向我展示你的工作以前，我就已经收购了刚毅。你希望懂得死亡。"老头捋摸白胡子的尖叉，"而我想终止它。"

"天哪，这些真动情，"我脱口而出，"那卡拉·贝克曼呢？朝她的腹部开三枪如何符合了你的任务宣誓？"

吕祖又耸了耸肩。"当她来见我时，很明显她掌握了不朽生物的组织样本。她宣称那是她的研究。除非她自己是不死的，或是她取得了不死之人的信任，或者她在说谎。我执行了一项实验。"

"一项实验！"

"你忘记了赌注。你将甘愿肩负多大的风险——甚至是你自己的生命，维克丝小姐——如果你有一个能够拯救所有人的机会？"

"可是——"

"如果你有一个拯救你父亲的机会？"

这个问题如同子弹穿透了我的心脏。

"别急着回答，"君冷讽地说，"以我的经验，有一个父亲利害兼备。"

"个人悲剧的确可叹，却并不重要，"吕祖不耐烦地说。"如果一个人的死亡——或者一千人，一万人——能够让死亡本身更接近它的死期，那只有傻瓜才会节制杀戮。"

"听听我爸爸的话。"君说，她的语气异常中立，"那些活了很久的人看问题都与我们其他人不同。你没注意到吗，维克特？"

"天哪，我累了。"维克特低头看着铜刀，"如果我扔下它，来与你共事，你必须保证凯西不会有危险。"

"我能让你变得富有，"吕说道。"一项哪怕只能延长一年寿命的专利权，也将价值连城。"

"天晓得？"君说，"如果你足够幸运，也许你真能延迟死亡的进程，甚至终止它。我敢肯定那将是一个伟大的成就。"她的语气平和，"看看不朽的你是多么的幸福。"

"君。"

"还那么慈悲。"她继续道，"这将是多大的慰藉啊，明白无论发生什么，一切都可以在明天重来，真是令人欣慰。"她温和地说道，"也许有人会担忧，对于一个不死的人来说，寻常人的生命将显得轻贱。说不定一两个世纪过后，世界将成为蚂蚁的田野？百万人挣扎灭亡后，总有更多的人将取代他们。"她耸耸肩，"也许有人会觉得他内心苦涩，充满嫉妒甚至叫人失望，可一旦知道他能够毫发不伤地挨拳头吃枪子——也许人们要担心，他是不是会做出可怕的事情来。"她意味深长地看了维克特一眼。"不过这种看待人类本性的观点，未免也过于悲观了，你不觉得吗？"

维克特脸色苍白。"你知道些什么？"

"人类。"她回答。

石室墓门被推开了。小妹在门缝里探身张望，神情害怕而坚决。"爸爸？"

"哇！"吕说，用中文对她轻声细语了几句。

"我不走。"小妹瞪着维克特，"你从这里出去！"

"否则怎样？"

小妹咕哝了一声，竖起手中的机械，门缝中赫然出现了枪管。

维克特挑起眉毛，吕祖努力镇静下自己的笑容。

"那是我的枪！"君说道。

"你又没用它。"小妹耸耸肩，"是你没锁上保险，这不是我的错。"

吕祖快步向前，不理会维克特和他的匕首。他在大门边屈下膝盖。"这可不是玩具，你会受伤的。"

在那个瞬间我正巧抬起头看君，她那面无表情的伪装松懈了，取而代之的是类似痛苦的神情，看着她的父亲温柔地拿走小妹手中的枪。

物转星移，生死有命，甚至小妹都会死。你是知道的，你见过血样测试了。

我注视着老人把小妹乌黑的双手拢进自己的掌心。"你的目的根本不是为了钱。"我说，"你只是想让维克特这样以为，可其实你是为了她才这样做的，不是吗？"

"我可没那么多情。"吕说，依然握着小妹的手。

然而，君看我的表情却充满着敬畏与惊奇，就像我的额头上标着某种可怕的念头。"好眼光。"她悄声说道。

之后我看着她，这段漫长而沉重的时光，就像看一根蜡烛熄灭，又像看着流水凝成冰河。她的眼神中先是呈现出一缕冰冷的僵硬，随后又恢复了冰霜的表情。君向门口走去，挥动她的蝴蝶刀，我意识到她想了结小妹的性命。

"不要杀小妹！"我大吼道，电光火石间，我奋不顾身地冲向前，撞上门板关闭了出路，把小妹推回了走廊。我笨拙的手打在了一块焦炭上，痛楚得立刻缩回。只见砰的一下维克特扭倒了君。而在祠堂外的玄关中，小妹放声大哭。也许她只是碰伤了或被关门声吓到了，我想，也许她根本不知道君打算割断她的喉咙。

我希望她没有这样想。

君认为她父亲之所以与死亡斗争，是一种老年人的宿命的愚蠢，没有其他理由，只是出于对小妹的爱。我能看到她眼中汇拢而成的可怖念头：制止吕的疯狂探索的唯一手段，就是杀死小妹。

维克特与君在满地奄奄一息的焦炭上翻滚，一边喘气一边继续厮打。

"够了！"吕说。战斗顷刻间消声匿迹。

我蜷缩在石室墓门底下的一块大石上，手划破了，还有我的肩膀，我想我可能扭到脚腕了。君的刀深深插在木制的门框中，离我的眼睛近在咫尺。我的脸颊滚烫着几道热辣，口腔里有些湿咸的东西流过。我摸摸自己的脸，手指上一抹鲜红。

君背躺于地，维克特压倒在她身上。他一手拽住她的长发，另外一只手上，黄铜匕首正对着君的喉咙。她毫不反抗——只是默默躺在那里，脸上依然蒙着一层冰霜。

吕用中文叫喊着，门廊外的小妹有气无力地应了一声。

"起来。"老人对维克特说。

"我不想——"

"起，来。"

维克特站了起来。

吕祖用中文对君说了几句话，她爬起身，站在他后面。他神情阴郁，目光深长地看着她。

君说："如果她永远不会死，你觉得你还会那么爱她吗？？"

"走，"他说道，"你不是我的女儿。"他从维克特手上取回黄铜匕首，把它放回原处，用僵直的后背对着君。君注视着他。随后她打开门，跨过走廊上啜泣的小女孩，走了出去。

2月8日 深夜
（整天打字导致天杀的腕管症候群发作的时候）

"现在怎样？"维克特又问道。

"你留下来和我一起。"吕说。

"整天被绑在实验台上？细胞组织样本，血样分析，撕下一点我的肝脏再让它长回去？"

"如果有必要那样的话。"老人的眼中毫无一丝怜悯，明显他根本不在乎。

"那么凯西呢？"

"她不会有事。"

"安全在家？"我说，"就像我能在地球上到处走动，不必担心醒来时发现自己躺在海底，肚皮上还有几个子弹孔，那样的安全？"

"不是在家里。"老头说道，诧异不已，"你再也不能回家了。"他环顾了一下地下室。"从今往后，这里就是你的家。"

维克特的手指弯曲，示意要抓刀。"这我不能接受。"他说。

"你人在这里，这里是我家。有很多拿枪的人站在你和自由空气之间。如果你打算离开，他们就会杀死凯西。我几小时前就下过命令了。你可以答应与我共事，让这女孩陪在你身边；你也可以反抗，看着她死掉，然后照样得为我干活。这就是你唯一的选择。"吕祖说道。

我想像妈妈在电话旁等待我的来电。面如土灰，无穷无尽地等待。

维克特看着我。"如果你有任何神奇救援的好主意，就趁现在。"

我尚未来得及开口，大门猛得撞开，小妹跑了进来，满脸慌张。"爸爸！这里有警察——很多很多人！他们开直升飞机来的——我看见他们逮捕了魏波和他的手下！"

维克特瞪着我。"干得好。"他最后说道。

*

十分钟后，我已站在吕祖的庭院内，那扇有桃花树石雕的大门内。蓝色制服的警察正把吕祖的手下押送入越进越多的警车中。可是没有君的踪影——她一定在警察到来前就脱身了。一个医护人员正往维克特的手上包扎绷带。我问了一名侦探，很容易分辨他就是负责人，因为只有他不必穿戴制服之类。

"我们根据你的手机跟踪到这里。"他解释说，"当手机打开时，它会向最近的传输塔发射微弱的讯号，这样有来电时网络就能找到它。如果我们有了电话号码，就能让电讯公司跟踪讯号，再利用三角定位找出那只手机的确切方位。"他迟疑了一下，"老实说，其实接911电话的警官并不了解这些，是你的朋友向他解释并恳求他通知我的。"

"我的朋友？"我说着，露出一个笑脸，"我的朋友爱玛，是她吗？"

警官点点头。"她肯定知道很多有关电话的知识。"

我忍不住大笑。

两个警察夹着中间的维克特走过来。"长官，这个人怎么处理？"

"他和好人是一伙的。"我说。美妙的感觉不禁让我有点晕眩，我不会被枪杀或是一辈子囚禁在这个鬼地方了。我向维克特调皮地眨眨眼。"他是来救我的，警官。他爱我。"

"我打赌他爱你。"警官的语气微微嘲讽，"可是他的衬衫上有火药烧灼，衣服上到处都是刀痕，我想还是让他跟我们回市中心比较好，谢谢你的回答。"

"有那必要吗？"维克特警醒地说，听见他的语调，我的笑容消失了。他一点都不喜欢这样。

"恐怕是的。"警察说，"这对好人来说，没什么大不了的，不是吗？"

维克特耸耸肩，不过我能看出，他的冷静是演戏。

我想起了他胸口的几个枪洞。他们会仔细检查伤口，不是吗？发现自动愈合的子弹孔，医生会怎么想？如果三小时内当他们解开绷带后，发觉维克特的手完好无损，那会发生什么？一百二十年来，维克特都隐藏了自己的身份，隐藏了他的真相。据我所知，为了保护这个秘密他甚至不惜杀人。警察的到来对我意味着自由，可是假如他不走运，维克特的一生都会陷入同样的梦魇——被捆绑在某个实验室中，沦为军队科学家的小白鼠。

"长官，在我们离开之前，我能单独和凯西呆一会吗？"

"当然。我可不会阻止英俊的王子接受属于他的亲吻。"警官带着微笑说。他转身监督自己的手下，而我和维克特借开几步，站在大门边，在一枝盛放姿态的桃花石雕下窃窃私语。"现在，一切你都知道了。"他说。

"是的。"我想去牵他的手，但我没有。"你不能让他们发现你的，不是吗？"维克特摇头。"那你要怎么做？逃走？你没有必要……你不会打算杀警察吧？"

一个简短而生硬的微笑。"我会先考虑请律师的。"

"我想你一定能请个优秀的律师。"

"很多优秀的律师。"

越过大门，海岸的风光在我们眼前展开，如同画像中的美景。更远处的地平线上，笼罩着一层朦胧的蓝色。"贝卡今年几岁？"

"五十七岁。我们遇见的那天就是她的生日，"维克特说，"11月11日，老兵纪念日。"

我的思绪回到了那次海堤上的初遇，我和摊开的素描板，那鸬鹚就像一位信使，带来命运的脚步。

维克特说："我经历过好日子，也捱过苦难。80年代相当糟糕。有天我在曼谷某家宾馆的房间里醒来，发现CNN正在播放一个片子——科学家成功打败了艾滋病。在泰国，艾滋病是个大问题——你知道的，因为性交易。然后我想，也许我也能去了解我自己。"他笑了，"我有本科学主题的漫画书——实验室里的寂寰天才。从没人告诉过我，你必须阅读那么多东西，参加那么多会议。"他耸耸肩膀。"我还是学到了一些东西，这是一种隐形基因，我是说不朽之身，难以遗传。天哪，开始那些年我是怎么观察自己的小孩的，我差点用图钉戳卢卡斯，看看他有多快愈合。"

"告诉我，我手臂上的针眼的事情。"

"我在研究一个血液测试。我希望能够告诉自己，还有其他人也是不会死的，或者至少携带这种潜质。我自作主张让你成为我第一个测试的对象。"

"为什么？"

"你就是想让我大声把它说出来，不是吗？"

我注视着他，迷惑不解。

"因为我想和你一起度过人生，小笨蛋！"

"噢。"我说。

维克特咳嗽起来，吐出一口混合血液的唾沫。

"我知道你的肺刚刚中过两枪等等；可是咳出带血的口水，实在有些破坏现在的浪漫气氛，维。"

"我真的满心期盼你的测试呈阳性，凯西。我的手颤抖得太厉害了，做分析时差点连试管都拿不稳。"他低头看自己腰带上摇摆着的银色怀表。"一百年来的幻想，你知道吗——不要留下我一个人，哪怕只有一次。找到一个不会……离开我的人，你们都会那样离我而去。"

死亡的分离。我瑟瑟发抖。"没那么巧让我通过实验了吧？"

"你没有。"他说道。

雷到了。不过也在意料之中。我猜这也是另一条潜藏的教训，来自那次从车库屋顶摔下跌破膝盖的经历：你不是不朽之身。在真实的世界里，没人能够飞翔。在真实的世界里，没人能永远活下去。

几乎没有人。

"也许我不是不朽之身，可是我在这里。"我说，"你不是孤独的。"

"我可没少尝试过。"他又吐血了，"我努力过让自己不要爱你。"

"别太苛求自己，我是很招人爱的。"

"是的。"他说，"我注意到了。"他伸出手来，指间摸索着君留在我脸上的刀痕。我的脸孔一片滚烫。

"你知道，"我说，"这次，我妈可不在隔壁的房间。"

"我想也是。"

我轻轻拂开遮挡在他眼前的刘海。"还有爱玛也没有埋伏在某辆见鬼的警车里等着偷袭，不是吗？"

"我也不这样以为。"

我的双手滑入他的脖颈，捧起他的面颊。"另外我把手机也留在'百威'和'巴黎水'的车里了，"我低语道。他渴望的眼睛注视着我。我把他的嘴巴斜向我。"我想我要吻你了，"我说。

我吻了他。

*

"哇噢。"他说，在透不过气来的若干时刻之后。

"怎么？"

"就像时间停止了。"

我笑了，"有时这样的事的确会发生的。"

2月9日，下午
(祝我生日快乐)

星期天下午。还没有维克特的消息，不过10点档新闻也毫无动静。所以我猜想，律师们干得不错。

花了昨天一整天的时间写下了发生的事。至少我能有些东西给警方的心理医生看了，如果这些穿白大褂的人把我带走的话。

妈妈在厨房里忙个不停。她今天特地调休，呆在家里为我庆祝18岁生日。现在她正在做蛋糕。爸爸以前总是会用食物颜料搞 些古怪的名堂，去年是蓝色天使蛋糕，包裹着柠檬味儿的血红色糖衣。

──>门铃刚响。我以为是维克特来了，顿时鱼跃而起，不过却听见了玄关处爱玛和她爸爸的声音。其实我本想说一些哲学又深刻的东西，可是现在满脑子都在揣测他们是否给我带了足够好玩的礼物，让我也能有庆祝的心情……

生日菜单

雪梨烤鸡肉

蜂蜜姜汁楼胡萝卜块

碎土豆肉汤

希腊色拉

不用洗碗！！

↓

妈妈送！

2月9日，下午

（祝我生日快乐，祝我生日快乐！）

"我想我会感觉更好些，如果拯救你的生命意味着帮你做代数题，" 爱玛吼叫着走入门来，她抓牢我，我们紧紧拥抱。

"谢谢你。" 我嘶声说道。我不得不尽快脱离拥抱，免得控制不住的眼泪毁了我的睫毛膏。

"漂亮的牡丹花献给女寿星！" 张先生说，笑盈盈地递给我一束美丽的丝绸鲜花。"牡丹是我最喜欢的花，" 张先生说，"它能带给你好运气。新年时我们家都会去鲜花市场买花，还是花蕾。如果它们开出花，那就代表来年会有好运，全家兴旺。我曾经帮鲜花商打工——可怕的时光！如果哪些花开不出来，哎！愤怒的客人！" 他笑了，"这些花都开了，很好！"

"是的没错，" 我慢吞吞地说，手指触摸着花瓣。"显而易见，不是吗？"

告诉我，凯西……你更喜欢哪个：丝绸花，还是真正的鲜花？

我猜，如果吕祖成功的话，我们都会变成丝绸花的，不是吗？

#

在我生日晚饭中，好几次爱玛都试图找我单独说话。她压低嗓音开始向我解释她做的一些调查。不过每次才开了个头，她的爸爸就冲了进来，咧嘴乐呵。"悄悄话，悄悄话——都是男孩话题，好！嘿嘿！也许你能帮助她，凯西。为我的漂亮花朵找一只蜜蜂？" 他调笑说道。

"爸！"

几杯酒下肚，爱玛的爸爸和我妈都来了兴致。张先生开始说他年轻时候的故事。"很穷！" 他说，摇动一根手指绕着桌子边的我们。"没有钱！每天吃鸡爪！一天，我和我妈说，如果我们吃鸡爪，谁吃鸡肉？就在那天，我决定当我长大——"

"我要吃鸡肉！" 爱玛附合他，翻着眼睛。

"年轻人不懂事。" 张先生朝我妈微笑，她正在给我们倒无咖啡因咖啡。"他们有钱，可是还是担心！爱玛，那天，发现了第一根灰头发！"

"爸爸！"

"才十七岁！" 他啧啧道，"太多担心。"

"爸爸！"

"她说了很多凯西的故事，不过我还是觉得你的女儿是个好姑娘。" 他又朝我妈点头，加强肯定。"除了放火烧车那次，"他承认，"那……小小担心。"

妈妈把咖啡放回厨房，回来时拿着一只托盘，上面有一块插着18根摇曳蜡烛的绯红色的馅饼。

"祝你生日快乐……"

祝你生日快乐！

门铃叮咚——维克特！我一跃而起，一路引吭高歌冲向玄关。

"生日快乐，亲爱的我我我我我我我我！"

拉开房门，我张开双臂跳起来，满心以为维克特和我就能像电视中那般会面，男孩抓住女孩的手旋转，把她甩向空中。

只是站在门外的那位并不是维克特，而是曹。

生日快乐……祝福……你你你你你你你你你！

"呀。"我说着，尴尬地撤回自己扑向曹的拥抱，连忙退到旁边，希望能够借此隐藏我的真实年龄和生日。

"我在找维克特，"他彬彬有礼地说。"希望能在你这儿遇见他。"

"我也希望他会来。"我说。

"很高兴再次见到你，曹先生。"我妈说道。"进来吃些馅饼吧。"她为他拉出一张椅子。曹紧挨着我落座。

"维克丝小姐，"他说，"你的生日是属火的虎年的第一天，我早该料到。"

我迅速向爱玛投去一瞥，不知她是否听得懂这话算什么意思，可她只耸了耸肩膀。

妈妈把这堆粉红色的混合物放在了我的面前。从气味和亮橙色的妮拉小脆饼浇头来判断，我猜它应该是一个奶油香蕉馅饼。"生日快乐。"曹说。

我深深吸气，时间变得黏稠。空气渐渐充满我的肺腔。眼前，舞动的烛光正在老去：蹒跚着，式微着，最终归于静止，每一根都仿佛是一个寿终正寝的魂灵。

当我开始吹气时，我能感觉曹的目光凝聚在我身上。惊乱的烛火瑟瑟摇抖，然后熄灭了。

*

然后在曹和众人的鼓掌声中，时间再次回到正轨。

我把馅饼切成数片。

"幸福的你，有我们相伴！"张先生说着，挖了一勺。"啧啧！好吃！爱玛，快尝尝！爱玛一直在担心。"

爱玛小心翼翼地戳了戳一片翠绿色的香蕉馅饼。

"我保证绝对安全。"我妈妈一脸正色对她说，"我把它放在运行中的器官冷藏库里一整夜，确保它不会变质。"

"我的女儿有做生意的打算。"张先生解释道，"不过我们遇上了短期的资金流动问题。她担心的是我们找不到投资者。"这个荒谬的念头令他咯咯直笑。"做生意，需要的只是一个好点子，外加一个属于上层价值链的人。"

"是啊——我需要的是我的乔治·温菲尔德。"爱玛说着，给我一副意味深长的表情。温菲尔德……噢，对的。那个给过维克特投资建议的家伙。

"是那个澳大利亚人吗，FOX公司的老板？"妈妈问道，递给我满满一杯雪梨甜酒。"十八岁快乐，宝贝。为什么不干一杯呢？"

"不是，是那个一百年前的商业巨头温菲尔德，"爱玛说，"就是他决定了要用'大三项'来发展内华达洲的经济：矿产，赌场，还有离婚。他死于1959年。"她再次给了我一脸深意，把满叉馅饼送入自己嘴里。

"我们的生意不成问题啦。"张先生说，"昨天，我花了巨额冥钞，一百万美元，向钟离权和吕祖献贡！"

酒杯从我麻木的手指中滑落，惊天动地地砸碎在地板上，飞溅四溢的雪梨酒泼撒上在座众人的裤脚管。"谁？"我支支吾吾，嘴里还塞满了馅饼。

妈妈跳了起来，赶忙去取纸巾。"大家都坐好别动，让我先把玻璃打扫干净。"

"你刚刚说了啥？"爱玛问道，瞪着她的爸爸。"谁是吕祖？"

"哇！我的美国女儿竟然连八仙都没听说过！"爱玛的爸爸摇摇脑袋，"他们很伟大，很厉害。游历整个中国。钟离权是CEO，最年长，非常发达。吕祖永远在世界各地旅行，到处帮助好人。还有人说他会让最好的人长生不死呢！"

"这是一件危险的礼物。"曹评论说，他瞥了我一眼，"这个世界充满了痛苦，无尽的生命即是无尽的痛苦。除此之外，除非你能了却一切牵挂。我认为，有尽头的生命是成为人类的条件。失去死亡，即意味着失去生命的珍贵。"他望着离我不远处的丝绸花朵。

曹和君谈过了，我心想。他认识她和她的父亲吕祖。吕祖是不死的神仙，我敢打赌君也是，我的心念继续高速运转。正因为此她才甘心去杀小妹，让她死在

10岁，或35岁，或90岁，又有什么区别呢？早在小妹生为血肉之躯的人类的那一天，子弹就已经射入了她的心脏，至于确切是几时击中的，实在也无甚区别。

妈妈沿着桌子蹲下。"嗨，寿星女孩，我想不必麻烦你来帮忙打扫，不过至少你可以抬抬脚吧。"

"天，真抱歉。我只是——"我只是刚刚意识到天下拥有不死之身的，并非只有我男朋友一人。好吧，还是别说了吧，就像这是个普通妈妈都会相信的理由似的。我匆忙离开座椅，帮她一起清理残渣。

"当我还是小男孩时，"张先生说，"我们一直在花市里卖贡献给八仙的鲜花。钟离权和吕祖，家庭主妇何仙姑，蓝采和（保佑卖花人的神仙！），音乐家韩湘子，铁拐李，倒骑毛驴的张果老……"他搔搔脑门，开始掰起手指头数数。

"我想你漏了曹国舅。"曹轻声提醒。

我吃惊万分，猛一抬头，脑袋扎实地撞上桌板，把叉盆震得哗啦哗啦响。曹弯腰眯缝着双眼打量我，被逗乐了。"他向来都是我的最爱，是一位锦衣华服又幽默感十足的神仙。"

"对！正是！"爱玛的爸爸喜形于色，"他是宋朝的皇室，曾经为了独霸一个漂亮的女人，而杀了她的丈夫。"

曹的笑容凝滞了。"杀人的是他的弟弟。"

"也有这种可能，"张先生附和道，"不知道多少年前的事啦。一百万美元冥钞啊，哪怕是钟离权和吕祖，我想也一定会注意到！你记住我的话，很快就会有上层人物来帮爱玛做生意。神仙总是保佑好人的。"

曹对着我和爱玛左顾右盼，眼神中满是笑意。"事实上。"他说，"我似乎正打算投资一笔小钱。"

2月9日，晚上
(我生命剩余部分的第一个小时)

派对快结束时，一个联邦快递员来到我家，交给我一封信。曹已经走了，妈妈正在清洗厨房。"爱玛！该走啦！"张先生说着，钻入爱玛的车。现在和女儿一起住了，他总想着每次都让他来开车，也不顾自己甚至连美国驾照都还没拿到。

"马上就来！"她在门廊上大喊，等着我打开快递信件。

维克特的信。一张短短的便条，写得颇为仓促。字迹颤抖，就像是他在行驶中的汽车或飞机上写的。

凯西——

吕祖失踪了。我必须找到他，弄清楚他在做什么。我会尽量早点回来。可能你又将有一段时间听不到我的消息，也许甚至要一两年。我等了那么久才遇见你，我想我不怕再多等一会儿。至少你的妈妈会满意吧——下次我们相遇时，你我就年龄相配了！

照顾好你自己，保持警惕。要当心吕祖的踪迹，但是不用害怕。你拥有的朋友远比你知道要多——有权势的那些人，会默默保护你。我不能向你说太多，不过我可以告诉你，我们的相逢绝对不只是巧合。

记住上次我们约会时你穿的裙子，还有淌下我面颊的焦糖炖蛋；记住你我邂逅那日岩石上的鸬鹚，还有深夜的长谈；记住我是为了你才冲入吕祖家的祠堂，我愿意永远守护你；记住我们一起坐在轮胎怪圈上，豪饮乐根啤。忘记那些名字吧，因为名字会说谎；可是要记住我们，因为当你看着我时，我才记起我是谁。

记住我，因为我永远都不会忘记你。

V.

　　　　　　　　　　　　　*

我抬头看向爱玛。"别。"她说着，用她的手帮我擦拭双颊，"你会弄湿你的信的。"

我点点头，哽咽着，叠起维克特的纸条。

张先生按响了车喇叭。"我爸爸有了个很棒的新生意点子。卖安利的产品，老天保佑我们。"爱玛说，"我和你的朋友曹约定了一个会议，他想投资开发识别模糊语音的软件。"

我勉强一笑。"30/30计划还是很有奔头。"

"吕祖逃脱了。"

"当然，他有这个本事。"

"凯西？"妈妈在房间里叫道，"大家都走了吗？"

"快啦。"我应道，"爱玛，维克特也走了。我觉得战争就要爆发了——一场长生不死的神仙之间的大战。"

此刻，世界在我看来，浩瀚宽广而又奇特陌生。一切怎么可能还同原来一样呢？你在BART车站往行乞者的帽子里投掷一枚硬币，然后开始猜测，他是否曾亲自见证罗马帝国的灭亡。爱玛有次告诉过我，烘焙粉是一项爱情的产物，它是一位化学家为了他那位对酵母过敏的妻子而发明的。如今轮到吕祖，为了他生命有限的妻子和八岁小女儿，试图将死亡终结。

我的父亲也会为了我做同样的事。

"嗨——不要哭啊。"爱玛说，"你就要拿到驾照了啊，还能参加投票。你正穿着你最爱的真丝衬衣和最酷的皮夹克呢，可别忘了啊？"

我发出了难过又打着小嗝儿的破涕笑声。"还有迷死人不偿命的'大胆'系列润唇膏，和高防水不化开的睫毛膏。"我说着，抹抹眼睛。

"警察会回来找你谈话的。"爱玛说，"当他们发现吕和维克特都不见了之后。"

"噢，啊呀。你说得没错。那我该向他们说些什么呢？"

"告诉他们所有的一切，"她说，"打印出你的日记，给他们那些书信，让他们打所有的电话号码，再把你的素描本给他们看。猜猜看会发生什么？"她说道，脸上挂着她标志性的小爱玛式笑容，"他们一个字都不会相信。"

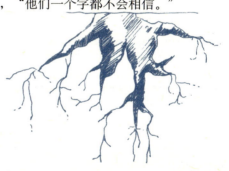

图书在版编目(CIP)数据

　失踪:凯西的日记 / (美)斯塔沃(Stewart, S.),
(美)魏斯曼(Weisman, J.)著;狄小岚译.-上海:上
海人民出版社,2009
　书名原文：Cathy's Book
　ISBN 978－7－208－08936－5

　Ⅰ.失…　Ⅱ.①斯…②魏…③狄…　Ⅲ.长篇小说-英国-
现代　Ⅳ.I561.45

　中国版本图书馆 CIP 数据核字（2009）第 196572 号

出 品 人　邵　敏
责任编辑　丁丽洁
装帧设计　Topman Design　五行人平面艺术设计
　　　　　　　　　　　　　　TEL:021－64750887
封面书法　傅惟本

失踪:凯西的日记

［美］西恩·斯塔沃

　乔丹·魏斯曼 著

狄小岚 译

世纪出版集团
上海人民出版社出版
（200001　上海福建中路 193 号　www.ewen.cc）
世纪出版集团发行中心发行
上海商务联西印刷有限公司印刷
开本 720×1000　1/16　印张 8.5　插页 3　字数 150,000
2011 年 1 月第 1 版　2011 年 1 月第 1 次印刷
ISBN 978－7－208－08936－5/I·747
定价 28.00 元